猫を処方いたします。3

石田 祥

PHP
文芸文庫

○本表紙デザイン+ロゴ=川上成夫

目次

第一話

京都市中京《なかぎょう》区麩屋町《ふやちょう》通上ル六角《ろっかく》通西入ル富小路《とみのこうじ》通下ル蛸薬師《たこやくし》通東入ル、ビルの五階、中京こころのびょういん。

土曜日の朝八時から、八田楓子《はったふうこ》は碁盤の目のような細い通りを何周もしていた。町名を知らずとも、京都は交差する通り名でだいたい見当がつく。四条《しじょう》通にある京阪の駅から、六角通へは徒歩十分ほどだ。適当に歩けばきっとわかるだろう。そう思っていたのに、目的のビルに辿り着けない。腕時計を見るともう九時前。一時間近く、同じところをぐるぐると回っている。

楓子は生まれも育ちも京都だ。ここらには、買い物や遊びにならば何度も訪れたことがある。だが土曜日の朝に来ることは滅多にない。普段は観光客でいっぱいの新《しん》京極《きょうごく》や寺町《てらまち》もまだ人通りが少なく、開いているのはコンビニくらいだ。ひと気のない繁華街は新鮮で、初めは散策がてらのんびり歩いていた。

そんな余裕も、焦りに変わっている。

探しているのは、ビルの五階にあるメンタルクリニックだ。ものすごく人気の心療内科に、些細《ささい》な悩みでも真剣に聞いてくれる腕のいいイケメン医師がいるという。

メンタル系の病院へ行ってみようと思ったのは、これが初めてだ。ちょっぴり悩みがあるとSNSで呟《つぶや》くと、友達が『中京こころのびょういん』を教えてくれた。

医者がイケメンなのは重要ではない。惹かれたのは、自分を鼓舞《こぶ》してくれそうなところ。背中を押してくれそうなところ。強い心を持っていると医師から太鼓判《たいこばん》をもらえば、きっと失敗しない。

本当なら予約したかったのだが、病院の連絡先は不明。どんなに調べてもネットに情報は載っておらず、噂《うわさ》を教えてくれた友達も又聞きの又聞きだ。

ならば、飛び込みで行こう。大抵の病院は朝九時から診察が始まるので、開院前に並べば隙間時間で診てもらえるかもしれない。だから休みの日に早起きして街中まで出てきた。

それなのに、探しているうちに時間は刻々と過ぎる。もう一度時計を見ると九時を過ぎていた。

がっくりとして、通りで佇《たたず》む。

どうやら住所が間違っていたらしい。周りの店は開きかけている。土曜日の町家カフェブランチは魅力的だが、楓子はどこにも寄る気になれなかった。元々この土日で、もっと練習するつもりだったのだ。病院は諦めて、家に帰ろう。帰って、練習をしよう。

祇園《ぎおん》四条駅へ戻ろうとした時、ふと、ビルとビルの間の路地に気が付いた。朝の淡い日差しが届かない細さだ。まるでそこの地面だけ、雨上がりのように湿っている。

路地の奥に目を凝らすと、両側を高い建物に挟まれて、突き当りに五階建てのビルがある。今、自分がいるのは富小路か麩屋町か、それとも蛸薬師か六角か。怪しみながら路地に入る。

「こんなところに……」

どうやらここが目的のビルだ。

てっきり道路に面していると思っていたので、見過ごしていたらしい。ビルも、想像していたのとは随分違う。人気のクリニックが入居しているにしては古くて陰気臭い。

入り口は開いていた。薄闇の中、ぼんやりと奥へ続く廊下が浮かんでみえる。一階からではどれだけ待ち患者がいるのかわからない。すでに午前診療は満員で、今日は診てもらえない可能性もある。

でも行ってみなければ、答えは出ない。

楓子は駄目元で階段を昇った。五階フロアの一室に、『中京こころのびょういん』はあった。少し塗装の剝《は》げた重々しい扉の前に患者の姿はない。やはり飛び込み不可の、完全予約制だろうか。半分諦めつつドアを引くと、金具が甘くなっているのか、軽い力で開いてしまった。

室内はシンプルで綺麗だ。入ってすぐに受付の小窓があり、その小ささから院内の狭さがうかがえる。

そこにも待ち患者はいない。もっと奥にいるのだろうかと覗《のぞ》き込むと、パタパタとスリッパで床を叩く音がして、看護師が出てきた。自分と近い二十代後半くらいの女性だ。目は切れ長で、鼻筋の通った美人。一見してキリリとした顔付きをしている。

「はい、何か？」

「あの、私」

「患者さんですね。どうぞ入ってください」

こちらの要件を聞く前に、看護師は明瞭《めいりょう》に言った。目線で奥を示す。

きっと予約の合間に呼んでもらえるのだろう。追い返されなかったことにホッとして、中に入る。患者でギュウギュウ詰めを予想していたが、誰もいない。一人用のソファも空だ。

どこで順番待ちすればいいのだろうか。一つだけあるドアを開けると、そこは簡易な椅子と机、パソコンだけがある部屋だ。待合室ではなかったと、ドアを閉める。

するとさっきの看護師が背後から声をかけた。

「おうてますよ。そこが診察室です」

「だけど私、予約してないんですけど」

「予約の患者さんはまだ来てはりません。どうぞお入りください」

あっさりと診察室に通されることに驚く。まさかの待ち時間がゼロとは。ついているとと浮かれかけたが、ふと疑問が湧いてきた。

すごく評判のいい心療内科に飛び込みで入って、患者が誰もいない？

もしかして、そもそもの情報がおかしかったのではないだろうか。友達から聞いた時点で、すでに又聞きの又聞きだ。場所もいい加減だったし、一瞬だけ見えた診察室もかなり簡素だった。

「あの、こちらは心療内科系の病院ですよね？」

「知りません」

「え？」

楓子は目を丸くした。看護師は冗談を言っているように見えない。整った顔に笑みはなく、ツンと澄ましている。

「中へどうぞ。先生がいはりますから」

有無を言わせぬ圧力だ。診てもらいたくて来たのだが、こうも押しが強いと調子が狂う。看護師に言われるまま、ドアを開けて診察室へ入った。やはりシンプルな部屋だ。何科だとしても殺風景すぎる。

奥のカーテンが開いて、白衣姿の医者が現れた。こちらは看護師とは対照的で、最初から薄く微笑《ほほえ》んでいる。

「こんにちは、うちの病院は初めてですね」

この人が、腕のいいイケメン医師か。

イケメンというほどではないが、優しそうな面差しだ。喋り方も柔らかな京都訛《なま》りで、親しみを感じる。ただ、名医にしては若い。三十歳くらいだろうか。

さっきの看護師は目的の病院ではないようなことを言っていた。今更だが不安になり、尋ねてみる。

「あの、こちらは『中京こころのびょういん』でしょうか」

「そうですよ。ええ名前でしょう。僕の先生が須田《すだ》心《こころ》いうんで、勝手に使わしてもらってるんです。ほんまもんの心先生の病院は、ぐるっと回ってここの裏手にありますわ。あ、ご心配なく。こっちがニセモンいうわけちゃいますからね。ちなみにうちのことは、どちらから聞かはりましたか？」

逆に医者のほうが尋ねてきた。

ほんまもんとかニセモンとか、どういう意味だろう。楓子はぽかんとして答えられなかった。黙っていると医者は首を傾げた。

「あれ？ とうとう、聞いた先もわからんくらい風の噂が吹きまくってるんですかね。どうしよう。大人気になってしもたら困るなあ。やっぱり風、吹いてます？ ビュンビュン吹いてます？」

「さ、さあ」

かろうじて、それだけ言う。

「そうかあ。困ったなあ。うちの病院、きてますか。そやけど大人気になったとて、ここは僕と看護師の二人だけで細々とやってますんでね。新患さんはお断りしてるんですよ。おまけに僕は今、猛烈《もうれつ》に眠いんです。薄明薄暮《はくめいはくぼ》いうたかな。明け方に目が冴えてしまうんで、これぐらいの時間から眠くなってくるんですわ。でもわざわざ来てくれはりましたんでね。特別ですよ。お名前と年齢を」

「え？」

楓子は驚いた。

医者はじっと見返してくる。まるで無理に目を開いているようだ。さすがに眠いのは冗談だろうが、今の話の流れでは、診察を断られたと思った。しかしそうではないらしい。

「……八田楓子です。二十七歳です」

「今日はどうしはりましたか」

やはり診察は始まっている。想像していたのとは違う流れだ。それでも、話を聞いてもらえるのだ。楓子は持ってきた鞄から書類の束を取り出した。

うまく説明できるだろうか。緊張してきた。

「これ、あの、お見せできひん箇所は黒く塗り潰してます」

何度も読み返したせいで、すでに紙はクシャクシャだ。本番では、投影した資料を基に、タブレットで原稿を読み上げる予定だ。うまく動作しなかった場合も想定して、アナログだがこうして紙でも出力した。外部へ見せられない内容は、ここへ来る前に黒いマジックペンで塗り潰してある。

つまり、ほとんど真っ黒だ。固有名称や数字、グラフを消すと、意味をなさない平仮名しか残っていない。

だが実物を持っていないとリアリティがない。楓子は立ち上がった。診察室が狭いので、居丈高《いたけだか》に医者を見下ろす格好になる。

「私、月曜日に社長の前で、社内コンペのプレゼンをするんです。人がいっぱいいる会場で、こんなふうに」

原稿を手に持ち、まるで表彰状を読み上げるように腕を伸ばす。紙の束が医者の頭をかすめた。

「おおっと」と、医者がよける。「めちゃめちゃ、力入ってますね。プレゼンですか。えらいかっこええですね」

「かっこよくないんです」

楓子は腕を引っ込めた。この部屋は狭くて、立ちながらではまともに話ができない。それに興奮しすぎているようだ。原稿を胸に抱き締めて、椅子に座る。

チラリと上目遣いをすると、医者は急かすふうでもなく、笑顔のまま何も言わない。さすが評判の名医だ。少し落ち着いてきた。

「すみません。緊張しすぎて、ちょっと興奮しました」

「わかります。興奮スイッチ入りますよね。僕も急に入るんですけど、そうなったらこの部屋中、走り回ってしまいますわ」

この狭い部屋を？

楓子はサッと見回した。二、三歩で奥へ届く狭さだ。

いや、これもきっと冗談だろう。患者を落ち着かせるために、こっちの話に合わせてくれているのだ。

この人になら、つまらない悩みも相談できる。抱き締めていた原稿をそっと膝の上に下ろした。

「私、雑貨を扱ってる会社で経理をしているんです。少し前に、全社員が新商品の企画を出さなきゃいけないことになって、それで私も自分なりに頑張って提出をしたんですけど、なんとそれが採用されてしまって」

「そらすごいじゃないですか」

「すごくないんです。本採用前の、仮選考を通っただけです。アイデアが採用されるかどうかは、これからのプレゼン次第なんです」

「頑張って考えたもんがお披露目《ひろめ》できるんでしょ。よかったじゃないですか」

医者はヘラヘラと笑う。楓子は首を横に振った。

「全然よくありません」

企画が通ってからの一か月間、ずっと胃が絞られるような日々だ。

今もまた、ギュッと胃が縮む。

「私、目立つのがものすごく苦手なんです。大勢の前で一人でプレゼンなんて、考えただけで足が震えてくる。辞退したくても、自分から手を挙げたなら、最後まで頑張るべきだって上司に言われてしまって。でも私は自分から手を挙げたわけじゃなくて、仕事だから応募しただけなんです。営業職じゃないのに、プレゼンなんて荷が重すぎます」

喋っている間も、嫌な場面がどんどん浮かんでくる。

薄暗い大会議室。びっしり並べられた椅子。

スクリーンには資料が映し出され、それを説明するのはアイデアの考案者だ。

当日は、どれくらいの人が会場へ来るのかわからない。だが仕事の都合をつけて、できるだけ視聴するように社内に通達がされている。

楓子が勤める雑貨卸の会社は、堀川五条《ほりかわごじょう》にある社員百名ほどの中小企業だ。手堅く、無理をしない経営でそこそこの業績を保っている。扱っている商品はボールペンやOA機器など、事務用品が主だ。

新商品のアイデア募集は定期的に行われている。業務の一環だが、ほぼイベント感覚で、応募は任意。やる気のある社員は楽しみにしていて、今までは楓子も聞く側として参加していた。コンペの内容は様々だが、新入社員から中高年のベテラン社員まで、みんなが真剣に発表している姿を見ると、毎回すごいなと感心する。アイデアの中には、商品化されたらいいなと思える可愛い雑貨や事務用品もある。だが、発表者のことはいちいち覚えていない。社内でのプレゼンなんてその程度だ。

しかしそれが自分だと、話は別だ。

発表が決まってから、隙間時間を見つけては練習をしてきた。同僚に頼んで実際に画面投影してもらい、何度も資料を直し、原稿も直した。

読み上げるテンポ、声の大きさ、立ち位置、時間配分。考えつく事前準備はすべてやった。

「もうこれ以上はないってくらい、準備したんです。何回も予行練習したし、家でもずっとプレゼンのことを考えてます」

「夢中ですやん」

「だってそれぐらいしないと、慣れてない私は、ほんとに……」

薄暗い会議室で、大失敗するイメージが湧いてきた。

緊張して、頭が真っ白になる。第一声が出ない。足が震える。原稿を読み飛ばす。

クスクスと笑い声が聞こえる会場。社長からは厳しい質問をされ、答えられない。役員に失笑され、涙目で俯《うつむ》く。

悪い想像はなぜか容易だ。逆に成功する姿は浮かんでこない。

不安のせいで、内容にも自信がなくなってきた。周りは褒めてくれるが、稚拙《ちせつ》でありきたりな気がする。

「……本番で失敗しないために、めちゃくちゃ準備を頑張りました。石橋を叩いて、叩いて、叩きまくりました。でもまだ不安なんです。だから最後の一押しに、お医者さんから大丈夫だっていう暗示をかけてほしいんです。太鼓判を押してもらって、安心したいんです。私は大丈夫だって」

そう言って、膝の上の原稿をグシャリと握り締める。

友達や家族にも相談した。みんな、頑張ることが大事だと言ってくれる。手のひらに人という文字を書いて飲み込めば緊張しないとか、目の前の人をカボチャだと思えばいいとか、色んなアドバイスをもらった。

それらは、楓子自身が読み漁ったビジネス系の自己啓発本にも書いてあったし、散々自分にも言い聞かせている。

だが、人はカボチャではない。

カボチャではないのだ。

「僕は感動しました」

医者が真顔で言った。さっきまでの柔和な表情ではない。目頭を指で摘まむと、堪《こら》えるように上を向く。

「感動で鼻水が出そうです。石橋をバンバン叩きたいというあなたは素晴らしい。バンバン、バシバシ叩く、すごいのがええですね。叩きすぎて石橋にヒビ入るくらいの、すごいやつが」

医者はパソコンに向かうと、キーボードを打ち出した。

「すごいやつ、すごいやつと……。ちょっとくらいやったら、ガブリもありですか？」

「ガブリ？」

「ガブリもあり、と。嚙まれたり引っ搔かれたりしたら、ちゃんとした病院に行ってくださいね。ほんまもんのやつにね」

「ほんまもん？」

わけがわからず反芻《はんすう》すると、医者は急にニコリと笑った。

「猫を処方いたします。千歳《ちとせ》さん、猫持ってきて」

診察室の奥のカーテンに向かって言う。受付にいた看護師が入ってきた。手には
プラスチックのケースを持っている。

「ニケ先生。念のために包帯渡しときます？」

「ああ、そうですね。それっぽいの一式渡しておきましょか」

「わかりました」

看護師は手提げのキャリーケースを机に置くと、戻っていった。楓子は首を傾げ
た。

包帯？　それっぽいの一式？

医者はケースの蓋《ふた》を開けて中に手を入れた。引っ張り出されたのは、猫だ。猫は
細長い体を添わせるようにスルリと出てきた。

白い毛にココアの粉末が振ってある。

ダークチョコレートの顔。

そこに蛍光水色の瞳。ライトのように光っている。

「シャム猫？」

「そうです。綺麗でしょう」

ケースが窮屈《きゅうくつ》だったのか、猫は机の上で前肢を伏せ、尻を突き上げて伸びをした。とても気持ちよさそうだ。体は少しピンクがかった白。長めの三角耳と尻尾は濃い茶色で、前肢と後ろ肢も、徐々に茶色が濃くなっている。

そして手の先。

まるで流れるチョコレートファウンテンに浸《ひた》したような色だ。

「可愛い」

ため息とともに零《こぼ》れる。会社で扱う雑貨には動物をモチーフにした物も多く、その中でも断トツに多いのが猫柄だ。猫のマグカップ。猫のマスキングテープ。スマホケースに、タオルやポーチ。イラストや型抜きが多いが、実写をプリントした商品もある。猫種は様々だ。シャムも色合いが洒落《しゃれ》ているので、大人向けの雑貨によく使われている。

だが商品で見るのと、本物はまるで違う。

実物のシャムの美しさに感動する。サラサラの短い毛。とても柔らかそうだ。顔が小さく見えるのは中心が濃い茶色だからか。あの化粧をすれば小顔効果抜群だ。鼻は真っ黒で、ちょこんと付いている。

美人だ。美人でしかない。

猫だから、美猫というべきだろうか。

恍惚《こうこつ》のあまり手を伸ばす。怖がらせないようにと、ゆっくり滑らかな動きだった。

次の瞬間、目にとまらぬ勢いで手の甲を叩かれた。

「いた！」

「あははは」

同時に医者が笑う。

何が起こったのかわからない。楓子は茫然《ぼうぜん》とした。咄嗟《とっさ》に弾かれた手を引っ込め、肩を縮ませる。声に出すほど痛かったわけではないが、驚いた。

手を叩かれた。手の甲を、猫のチョコレート色の前肢で叩かれた。

まるでおやつを盗み食いしようとして叱《しか》られたみたいだ。

「スナップ利いてるな。かっこええなあ。さっそくバシバシやってくれましたね。これは石橋にヒビ入るだけでは済まへんかもしれへんな。壊れるかもしれませんねえ」

呆《ほう》ける楓子を気にすることもなく、医者はとても楽しそうだ。

「そのプレゼンとかいうやつは、いつあるんですか？」

「明後日……。月曜日です」

「それやったら三日間、この猫を服用してください。処方箋《しょほうせん》をお出しするんで、受付でいるもんをもらって……」

医者はそう言いながら、猫の肩の辺りを両手で持とうとした。

だがすごい勢いで猫が医者の手を叩いた。医者はびっくりしたように目を見開いたが、すぐに笑った。

「あはは。やんちゃやな。よしよし、入ろ……」

医者は優しく猫の腹に手を回す。体に触れる前に、また猫が激しく医者の手を叩いた。

しかも二回。

「いたっ！」

医者は慌てて手を引っ込める。その手の甲が、じんわり赤くなっている。

「あは。何しはりますねん。ほら、入るで。バシバシは僕やなくて患者さんに」

すると猫は自分から前肢を伸ばして、医者を叩き出した。すごい連打だ。

「いた！　痛い！　なんですのん！　やめてくださいよ！」

猫は猛烈な速さで医者を叩いている。机に尻を付けて座っていたが、器用に後ろ肢と尻尾でバランスを取り立ち上がった。両前肢で医者の頭や顔を叩き出す。

楓子は声も出せなかった。狭い診察室がまるでボクシングの試合会場だ。医者がボコボコにやられている。

「痛い、痛い！　助けて！　千歳さん、助けて！」

「何したはりますの！」

カーテンが勢いよく開いて、看護師が入ってきた。看護師はすぐさま猫を抱き上げると、あっさりとケースに入れて蓋をした。

目を吊り上げて医者を睨《にら》む。

「ニケ先生。患者さんの前で遊ばんといてくださいよ」

「遊んでませんて。めちゃくちゃ叩かれてましたやん」

医者は手だけではなく、頰《ほお》や鼻先も真っ赤だ。小さな傷もいっぱいある。

「うう、痛いよう」

「大袈裟《おおげさ》ですわ。ほら、患者さんがびっくりしたはるじゃないですか。そんな真っ赤っかな顔して」

看護師は冷ややかに言うと、啞然《あぜん》とする楓子に目を向けた。

「受付でいるもんをお渡ししますんで、回ってきてください」

そして猫を入れたケースを強引に押し付けてくる。楓子は動揺しながらケースを抱き留めた。医者を見るとまだ半泣きだ。なんだろう、この状況は。さっき眠たいとか、部屋中を走り回るとか言っていたが、あれも冗談ではないかもしれない。絶対にやばい人だと、慌てて診察室を出る。

薄暗い待合室には誰もいない。ソファも空だ。

ものすごく人気の心療内科に、些細な悩みでも真剣に聞いてくれる腕のいいイケメン医師がいる。噂も又聞きを繰り返せば、何が本当かわからない。

「八田さん、こちらへどうぞ」

白い手が見えた。さっきの看護師が受付で呼んでいる。小窓から見える顔は愛想がない。

「こちら、支給品になります。中に説明書が入ってますんで、よく読んどいてください。あと絆創膏《ばんそうこう》とかも入れてありますんで、いるんやったら使ってください。もし本格的にやられたら、ちゃんとした病院行ってくださいね」

「本格的って？」

顔を引きつらせながら聞くと、看護師は目を向けた。

「さっきの見たでしょう。あんなん、序の口ですけど」

楓子は身震いした。医者は顔や手を真っ赤にしていた。あれが序の口なら、本格的とはどれほどか。

「さっきの先生……、ニケ先生、ちょっと泣いてたみたいですけど、大丈夫ですか?」

「予約の患者さんが来るまでには、泣きやまはるでしょ。お気遣いありがとうございます。ではお大事に」

「あの、お大事にって」

「お大事に」

看護師は取り澄ましている。もう目も合わせない。心療内科系かと尋ねた時、知らないと言われたのも冗談ではなかったのか。ここはメンタルクリニックではないのか。だとしたら何科だ。

そもそもここは、ちゃんとした病院なのだろうか。

猫入りの重いケースと、色んな猫用品が入った重い紙袋を持ち、もう一度誰もいない待合室を見る。予約の患者が来るようなことを、看護師は言っていた。

だが、まだ誰もいない。

楓子は膝の上に猫の重みを感じながら、京阪電車に揺られていた。大阪方面への特急はいつも混雑しているが、住宅地に点在する各駅停まりの普通電車は空いていて、ゆっくりの運行だ。

まだ土曜日の昼前だ。時間を意識すると、月曜日のことが頭をもたげた。

入社して五年。会社が扱っている商品は多岐《たき》に渡るが、その多くは文具や日用雑貨だ。他社から仕入れて販売している物もあれば、自社で製作している物もある。事務職でも、取り扱い品を目にすることがたまにあり、気に入った物は社販で購入する。

会社は好きだ。同僚や上司ともうまくやっている。少しのミスはあっても、大きな失敗をしたことはないし、自分では真面目なつもりだ。

今回の社内コンペだって、全員参加を促されたので応募した。採用を目指したわけではない。こんな物があればいいなと思った文具を、丁寧に資料に落とし込んだ結果、選出されてしまったのだ。

もっと適当にやればよかった。それが今の本音だ。

京阪藤森《ふじのもり》駅で降りると、駅前に停めておいた自転車を取りに行こうとして気付いた。駄目だ。荷物が多すぎる。持ち帰らされた猫用品は餌のドライフードやトイレ一式。シャムの入ったケースもかなり重く、自分の鞄は無理やり背中に回している。この状態で自転車に乗るのは無謀だ。

諦めて、自宅まで歩くことにした。疏水《そすい》を越えて商店街を通る。商店街といっても、アーケードもなく、ただ個人商店が並んでいるだけの通りだ。昔はもっと店があったが、潰れて、マンションに建て替わったところも多い。

今も土曜の昼なのに閑散《かんさん》としている。

いつも駅まで自転車なので、地元を歩くのは久しぶりだ。歩くと、なんだか新鮮だ。

あの肉屋さん、まだ店先でコロッケ揚げてるんだ。

前は服屋さんだった店が、カフェに変わってる。

更地になってるここ、何があったっけ？

しばらく通らないうちに、随分と寂れてしまっている。付近の住民として、もっと利用してあげるべきだ。それでも、今も猫用品で必要な物があれば駅の反対側にある大型スーパーへ行こうと考えてしまう。普段も買い物があれば、そっちにばかり行っている。

ふと、足が止まった。

軒先《のきさき》の色褪《あ》せたテントが目に入ってきた。昔は赤だったのに、朱色になっている。テントに書かれた店名も薄くなっている。『高藤《たかとう》犬猫ガーデン』だ。

高藤犬猫ガーデンはチェーン店や街中にあるお洒落な店舗とは違い、昔から商店街の並びにあるペットショップだ。ほぼ毎日、駅へ行くまでの途中で見かけるのに、風景化して目に入っていなかった。まだやっているんだと、懐かしくなる。

店の前に停めた白いバンから、エプロンをした男性が降りてきた。男性はこっちに顔を向けたが、すぐに店に入っていった。

高藤錦之助《きんのすけ》だと楓子にはわかった。小学校の同級生だ。

ここは高藤の父親が経営する店だ。小学二年生の時、一度だけ店に入ったことがある。サラリーマン家庭の楓子にとって、個人商店のペットショップは珍しく、しかも男子の家に行くなんてとてつもない冒険だった。あの時のドキドキはよく覚えている。

高藤錦之助は当時、クラスの中心グループにいた男子だった。どういう経緯で遊びに行くことになったかは思い出せないが、向こうにしてみれば、楓子は記憶にすら残っていないのだろう。

学年が上がりクラスが分かれると、そのあとは話すこともなかった。同じ地元の中学校に通っていた頃は接点がなく、高校はどこか知らない。東京の大学へ進学したと、誰かに聞いた気がする。人気者だった彼の家へ行ったことは楓子の中で長い間、宝物のような思い出だった。だが、いつの間にか忘れてしまっていた。

そうか、高藤は京都に戻り、父親の店を継いだのか。

重い荷物と猫入りケースのお陰で、視界に懐かしい友達を捉えることができた。昔を懐かしみながら、それでも向こうが気付かなかったことに寂しさを感じる。

切ない気持ちで店の前を通り過ぎた時、ガラス扉が開いた。

「八田か？ 八田やろ」

声を掛けられ、楓子はびっくりした。高藤は笑顔で話しかけてくる。

「久しぶりやな。久しぶりどころとちゃうな。十年。いや、もっとやな。おまえ、ちっとも変わってへんな」

「高藤君だって」

向こうの気さくさにつられて、楓子も笑った。本当に彼は変わっていない。少年がそのまま大人になっただけだ。

「八田はまだ地元にいるんか？」

「うん。実家暮らし。高藤君はお父さんのお店を継いだんやね」

「ああ。親父が体壊してしもたから、しゃあなしに東京から戻ってきたんや」

「そうなんや。親孝行だね」

高藤の父親のことを思い出す。狭い店の奥のカウンターに座っていて、遊びに来た楓子をチラリとだけ見て、あとは知らん顔をしていた。ペットショップをやっているのだから、きっと動物好きの優しいお父さんなんだろうと勝手に想像していたので、その不愛想さに驚いた。怖そうで、気難しそうな印象だった。

「それ、猫か？」

高藤は楓子が持っているケースを覗いた。警戒したのか、中の猫が奥へと動く。

両手で支えるが、紙袋と鞄がずり落ちそうになる。

「うん。猫なの」

「猫と散歩か。それにしては大荷物やな」

「えっとね」

返事に躊躇《ためら》う。眉唾《まゆつば》物の奇妙なメンタルクリニックで猫を処方されたといえば、久しぶり会った同級生はどう思うだろう。メルヘンなやつに成長したなと、苦笑いされそうだ。

「八田の家、もうちょっと先やろ。重そうやし、よかったら車で送ってやろうか？」

「え、ほんと？　嬉しい」

「おう。仕入れの荷物片づけるから、ちょっと待ってて。中に入ってくれたらええわ」

高藤は小学二年生の頃と同じく、大きく扉を開けて出迎えてくれる。楓子は中に入ろうとして、気が付いた。

「あ、私、無理や」

「どしたん？」

「だって猫がいるもん」

そう言って猫の入ったケースを掲げてみせると、高藤は首を傾げた。

「そうやな。さっきからおるな」

「この子、やんちゃなの。もしお店の魚とかに悪戯《いたずら》しちゃったら大変」

「ああ、そういうことか。大丈夫やで。俺んとこ、もう生体扱ってへんから」

高藤は明るく笑って、もっと広く扉を開けた。

店内は記憶していたよりも狭くて、そして意外にも整然としている。前は棚に水槽やカゴがいっぱい並んでいて、熱帯魚や小鳥がいた。埃《ほこり》っぽく、騒がしかったのを覚えている。

「重いやろ。そこに置いたら？」

高藤にカウンターの台を示され、猫入りのケースを下ろす。助かった。そろそろ腕が限界だった。改めて店を見ると、ホームセンターの一角のようなスチールラックに商品が積んである。店の変わりように戸惑っていると、高藤はそれを察したのか、笑った。

「親父の頃は小動物とか熱帯魚やってたけど、生きモンがいると大変やし、俺が継いでからは物販だけにしてんねん。八田は？　今、何してるの？」

「会社員。経理課で事務員してる」

「そっか。地元にいても、意外と会わへんもんやな」

高藤は喋りながら、大きな段ボール箱から犬用の餌袋を出した。小売りのためにペット用品を仕分けしているらしい。ラックには色んな餌の袋や缶詰が置かれている。

だが肝心の動物がいない。何年も気にさえしていなかったのに、様変わりした店を見ると胸が痛い。

商店街を通ってきて思ったが、個人経営は厳しい。客どころか、通行人さえほとんどいないのだ。揚げたてのコロッケも、冷める前に誰か買いに来るのだろうか。生体の扱いをやめたという高藤の判断は賢明な気がする。京都は有数の観光地でありながら、住民が減る一方だ。

「八田の猫、ちょっと見してもらってもええかな」

仕分けを終えた高藤は汗を掻《か》いたのか、エプロンで額をぬぐった。カウンターに置いたケースに顔を寄せる。

「綺麗な猫やな。だいぶ食べるもんに気を遣ってるやろ。何食べさしてんの?」

「ええっと」

「シャムやな。何歳?」

何も答えられない。そうだ、確か説明書が入っていた。紙袋を探っている間に、高藤はケースの蓋を開けて猫を外に出した。両脇を持って抱き上げると、尻を支える。

「シャムってよく知られてんのに、あんまり見かけへんよな。俺は好きやけどな」

楓子は紙袋から説明書を取り出した。読んでみて、眉をひそめる。

「高藤君。その猫、シャム猫じゃないって」

そして彼に説明書を渡した。

『名称・ベーナ。オス、五歳、サイアミーズ。食事、朝と夜に適量。水、常時。排《はい》泄《せつ》処理、適時。基本的には放置して問題ありません。同じような行動でも、意味が違っていることがあります。何が原因になっているのか理解をして、行動していい場合と、やめさせたほうがいい場合を判断しましょう。以上』

ベーナは中心だけが濃い茶色の、洗練された顔をしている。グッズや写真の通りだったので、てっきりシャムだと思っていた。だが勘違いをしていたらしい。

「この子、サイアミーズなんやって。初めて聞いたよ。珍しい猫なんやね」

すると高藤は不思議そうに言った。

「サイアミーズってシャムのことやろ。海外の呼び方やで」

「え？　そうなんだ」

あの病院では気性の荒かったベーナが、大人しく高藤に抱っこされている。やはりシャムのイメージ通り上品だ。

「さすが高藤君。ペット屋さんの息子なだけあって詳しいね」

「っていうか八田。自分の猫やのに、種類も知らんと飼ってんの？」

「あ」と、楓子は目を泳がせた。説明が難しい。「実はその子、私の猫じゃないねん。お友達の猫を預かって、今から家に連れて帰るところなの」

「なんや、そうなんか。それでその荷物か」

高藤がベーナに顔を寄せる。ベーナも見上げたので、互いの鼻先が触れ合う。

「ふうん。細身やけど筋肉ついてて、ええ感じやな。やっぱり猫も運動やな。人間と一緒で、メシだけのダイエットしてもあかんわ。時短で運動させられるような商品ないやろか。今は猫ブームやから、いいアイデア出したら大当たりする可能性あるよ」

「へ、へえ」

アイデアというフレーズに、少しドキリとした。ぎこちなく笑い返す。

「俺、ネットでペット商品の販売してるんやけど、意外に高いモンから売れるねん。特に輸入品な。ペット業界はまだ需要があって、うまいことやったら割と儲《もう》かるんや。猫自体は保護猫がブームで、血統書付きとかペットショップ離れが進んでるけど、飼育にかける金は伸びてる。常に状況読んで、早めのシフトチェンジが必要や」

「すごいね。なんだか経営者っぽいね」

「俺、東京にいてた時、知り合いと一緒に会社やってたしな」

高藤の笑みはどこか自慢げだ。さっきは少年が大きくなっただけに見えたが、今の彼に少年らしさはなく、年相応だ。

自営業は大変だろうし、向上心はあるほうがいい。楓子も仕事のことを思い出した。家に帰ったらまた練習をしなくては。三日後にはプレゼンなのだ。

突然、前触れなくベーナが勢いよく高藤の顎《あご》を叩いた。

「いたっ！」

高藤がのけ反《ぞ》る。ベーナは更に顎をバシバシ叩き続ける。

「べ、ベーナ！　こら！　やめなさい！」

「痛い、痛いて！」

高藤は腰を反らせ、ベーナから顔を離した。ベーナはまだ前肢をピンと張り、射程圏内で構えている。

「八田、ケース、ケース取って」

「う、うん。ごめんね」

ケースを傾けると、二人してなんとかベーナを尻尾のほうから入れた。興奮していたようだが、意外にすんなり入ってくれてホッとした。見ると、高藤の顎の辺りが赤くなっている。

「ごめんね、高藤君」

「いや。油断してた。久々にやられたわ。猫って感じやな」

高藤は痛そうに顔をしかめているが、どこか嬉しそうだ。

「高藤君、猫飼ってたの？」

「前に、実家でな。意味もなくバシバシ叩かれたわ。猫はほんま、何考えてるかわからんからな。ああ、痛」

「消毒液と絆創膏、あるよ」

まさにこのために渡された一式だ。叩かれた痕《あと》を消毒液で拭《ふ》いてやると、少し沁《し》みたのか、高藤は歯を軋《きし》らせている。

とても奇妙な感じだ。昔、小さな生き物がたくさんいた場所は、いなくなったことでやけに寒々しい。だがこうして、猫にバシバシ叩かれた同級生の傷口を拭いてあげていると、時間が巻き戻ったようだ。

「八田はほんまに変わってへんな」

高藤がポツリと言う。なぜだろう。どこか悲しそうだった。

高藤の軽バンで送ってもらい、大荷物を持って家に帰った。彼は消費期限が近いからと、猫用の缶詰まで持たせてくれた。明らかに人間が食べる物よりも高そうだ。

ベーナを連れ帰ると、両親は啞然とした。父と母は互いに顔を見合わせたあと、ケースに近寄った。

「いや。猫やわ」と母親が言う。「お金持ちの家にいる猫やん」

「石油王が膝に乗せてる猫や」と、父親が言う。

「ちゃうで、お父さん。石油王のはもっと毛の長い猫やって」

「そうか。それやったら、ピアノのある家の猫やな」

「ピアノは普通の家にもあるよ。裏の小西さんが夜遅くまで弾いたはるやん。それより、洋館みたいな家の窓から外を見てる猫とちゃう？」

「ああ、出窓な。出窓のある家は大抵金持ちや」

両親は明るく振舞っているが、どこか戸惑いも感じる。きっと、話をはぐらかしながら考えているのだ。娘が猫をつれてきてしまった。駄目だと拒絶してしまえば、それで終わってしまう。

「お父さん、お母さん。この猫、月曜日まで預かっていい？」

楓子が尋ねると、二人は露骨《ろこつ》にホッとしたようだ。急に笑顔になる。

「なんや。預かっただけなんやね。びっくりした。どうしようかと思ったわ。ねえ、お父さん」

「ほんまやで。動物はな、そう簡単に飼ったらあかんで。旅行とかも行かれへんようになるしな」

そう言いながら、父親は嬉しそうにケースの蓋に顔を寄せている。

「そやけど楓子、どうすんねん。世話大変やぞ」

「私の部屋で面倒みるよ。いるもんは全部もらったし」

父親がいきなりケースの蓋を開けた。止める間もなく、ベーナが出てくる。

ベーナはまた尻を突き上げて伸びをした。しまったと、楓子は焦った。両親を叩いたり引っ掻いたりしたら大変だ。

「お父さん。その猫、ちょっとやんちゃやねん。だからさわったらあかんよ」

楓子がケースに戻す前に、ベーナは父親の膝を前肢でチョンとさわった。

「うわ。逆にさわられたで。これはやんちゃな」

「いや。お父さん、ずるいわ」

母親も寄ってくる。父親の膝に自分の膝をつけてきた。

「猫ちゃん、お母さんにも来てや」

するとベーナは、今度は母親の膝を前肢でチョンとさわった。

「いや。ほんまにやんちゃやわ」と、母親は嬉しそうだ。「人懐こい猫やね」

「う、うん」

楓子は警戒しながら見守っていた。ベーナは前肢でトントンと両親に触れている。あれも叩いているといえば、叩いている。

両親は自分からさわることはせず、向こうの好きにさせている。今のところベーナの動きは穏やかだが、医者や高藤にしたような激しい殴打《おうだ》もありえる。ヒヤヒヤしながら見ていると、ベーナは居間をゆっくりと歩き回り、日当たりのいい窓のそばで寝そべった。もう飽きてしまったらしい。

父親は休日の楽しみのパチンコへと出かけていった。家にいるのは母と楓子だけだ。

「餌はどうすんの？」

母親に聞かれ、楓子は紙袋から猫用品を出してテーブルに広げた。もらった三つの缶詰も置く。帰りの車中では高藤が色々と教えてくれた。

「袋のはカリカリで、これを朝と夕方に二回、お皿に入れてあげたらいいんやって。お水もお皿に入れておいたら、勝手に飲むって。今日のご飯は、今から用意する」

母親と喋っていると、いつの間にか近くにベーナがいた。テーブルの上に三つ積み上げた缶詰を前肢で掻くようにさわっている。

そして、楓子を見た。

なんという水色。こんな目を持つ生き物がいるなんて、不思議だ。母親もたまらないといったばかりにとろけている。

「猫ちゃん、あれがほしいって言うてはるで」

「うん、そうみたいだね。でも、いきなりいいのをあげちゃうと」

パンと音を立て、缶詰が弾き飛んだ。缶詰は横倒しになり、床にコロコロと転がっている。

楓子と母親は固まった。

ベーナが缶詰を前肢で叩いたのだ。そしてまた楓子を見る。

「猫ちゃん……。怒ってはらへん?」

「う、うん。でもいきなりいいのをあげちゃうと」

また、パンと音を立てて、缶詰が床に落とされた。手首の力を使ったジャブだ。しなり具合が、まるで鞭《むち》だ。

あの動きで頬でも殴られたら相当痛い。さっきはとろけていた母親も、顔をひきつらせている。

「だいぶ怒ってはるやん。缶詰のほうがええんちゃう？　あげたらあかんの？」

「あかんわけじゃないんやけど、美味しいモンを先にあげると、カリカリを食べへんようになるかもって」

最後の缶詰が床に落とされる。また横倒しになり、コロコロと遠くへ転がっていく。

ベーナは丸々した水色の目で、じっとこっちを見たままだ。その目は訴えるというより、確信だ。絶対にもらえると信じている。

「……ベーナ、ちょっとだけ待っててな。聞いてみるから」

さっき、高藤の連絡先を聞いておいてよかった。久々に繋がった旧友との交流に胸躍ったが、こんなにもすぐに役立つとは。

電話をすると、高藤は笑いながらアドバイスをくれた。

「あげてもええって。カリカリに缶詰を混ぜてあげるわ」

「そうなんや。猫ちゃん、よかったね。美味しいの作ってあげようね」

楓子は母親と二人でネットを検索しながら、ドライフードに猫缶のウェットフードを混ぜた餌を用意した。ウェットフードはツナ缶のような状態で、かなり水っぽい。適量というのが難しいので、ひと缶全部入れた。

ベーナは気持ちがいいほどの勢いで食べてくれた。だがたった一回餌をあげるだけでこの騒ぎだ。水っぽくふやけた餌は放置しておくことができないので、食べ残した分は捨てた。

餌は様子見しながら作るしかない。皿や空けた缶詰を洗いながら、母親が薄く笑った。

「やっぱり動物は大変やね。猫飼うのってちょっと憧れるけど、しんどさのほうが大きいな」

母親は温厚で、楓子と同じく慎重だ。可愛いからと安易に手を出すタイプではない。この家で今まで生き物を飼ったことはなく、大変さも想像でしかない。想像して大変なら、実際の世話はもっと大変だろう。

父親がパチンコから帰ってきた。

「どや。猫は」

「あら、お父さん、えらい早いやん。負けたん？」

「まあな。猫は？　元気か？」

「さっき餌食べはったよ。缶詰がいいってえらい怒らはって。なあ、楓子」

「うん。バシって叩いてたよ」

そうだ。缶詰がほしい時の手つきはかなり強かった。

両親はベーナに構われたくて、ニコニコしながら正座で待っている。するとベーナは寄ってきて、また膝頭をポンポンと叩いた。その手つきは肉球でハンコでも押しているようだ。

そういえば説明書に書いてあった。同じような行動でも、意味が違っていることがあります。何が原因になっているのか理解をして、行動していい場合と、やめさせたほうがいい場合を判断しましょう、と。

確かにベーナの動きは全部違う。医者を連打していた時が一番きつく、完全に本気の攻撃だった。缶詰に対しては、攻撃というよりアピールかもしれない。今、両親にちょっかいを掛けているのは、じゃれているような気がする。

高藤に対しては、なんだろう。彼を叩いた時のベーナにも、何か意味があったのだろうか。

夕飯を済ませると、楓子は自分の部屋にベーナを連れて行った。なんとかして抱き上げたが、叩かれるのが怖くてできるだけ頭を反らせる。部屋の中で放すと、ベーナはひとしきりウロウロして、カーテンの裏に隠れてしまった。

本当ならもっと猫のことを勉強して、遊んであげたい。母親が言ったように、猫を飼うのはちょっとした憧れだ。実際に飼おうとしたことはないが、動物を飼っている家庭への憧れがある。これも想像の域を出ないが、人間へ向ける以外の特殊な感情があって、それは動物を飼っている人にしかわからない気がする。

そして、一度経験すると価値観が変わるのではないだろうか。

それは良い方向への変化か、もしくは良くない方向への変化か。

悶々《もんもん》と考えるうちに時間が過ぎていく。楓子には今日、明日と、やらなければならないことがある。

プレゼンの練習だ。

「よし、やるぞ」

一人、気合を入れる。使うスクリーンはないし、マイクもない。それでも部屋を会場に見立てて疑似プレゼンを行う。本番で映すスライドは、見映えを意識したシンプルなものだ。当日はその内容を口頭で説明する予定だ。

目線を床に落とし、まずはカボチャを連想する。

ここにいるのはみんなカボチャだ。カボチャに向かって原稿を読む。間違えなければそれでいいんだ。

手持ちのタブレットで何度も繰り返し原稿を読み上げる。だが、やはり不安は拭えない。どんなに練習しても、練習は練習だ。本番とは違う。

今度はベッドに横になると、目を閉じる。イメージトレーニングだ。浮かんでくるのは孤独な壇上だ。

また嫌な妄想が膨《ふく》らんでいく。

緊張して、興奮して、テンパる自分。冷や汗ダラダラ、足はガクガク、涙ポロポロ。

「涙は、さすがにないか」

フッと笑って目を開ける。視界いっぱいに映り込んだのは、三角耳付きのチョコレートケーキだ。

ギョッとして飛び起きる。

「び、びっくりした。ベーナか」

ベーナのほうは驚くこともなく、ベッドの上にちょこんと座っている。足音も気配もさせずに、ここまで近接できる猫はすごい。蛍光するような水色の目で、じっと見つめてくる。

「ふふ。何、ベーナ？　もしかして、私のプレゼン聞いてくれるん？」

笑いながらそう言って、ハッとした。本当にいいかもしれない。

「ベーナ。そこにいてね」

楓子は起き上がった。タブレットを開き、原稿の最初のページに戻る。

観客の準備は、とベッドを見れば、ベーナが優雅に横たわっていた。チョコレート色の細長い尻尾が、ユラユラ揺れている。

「いいね。その貫禄はまさに社長やわ」

本当に社長がいる気持ちで、やろう。

タブレットを手に、スライドが出ているつもりで原稿を読んだ。何度も読んだので、もう詰まることもない。ほとんど暗記しているので、スラスラと――。

バシッと足を叩かれた。

楓子は声を飲み込んだ。ベッドの端にベーナがいて、今、足を叩いたのだ。

「なんで？」

問いかけても、水色の目は返さない。もしかしてうるさかったのだろうか。眠たいとか？

まあいいわと、また読み始める。ほとんど暗記しているので、サラサラと――。

バシッと足を叩かれた。

バシバシっと、更に二回。

「いた！　痛い！」

慌てて飛び退く。柔らかそうに見えるベーナの前肢だが、勢いがあるため反応してしまう。実際にはそんなに痛くはないのだが、なぜか猫に叩かれると痛い気がする。

「な、なんで？　うるさかったのかな？　眠いとか？」

だが、ベーナの丸い目は大きく開かれていて、眠そうには見えない。

「もう……。ええよ、次は紙で読むから、聞いててね」

今度は紙の原稿を手にする。いざという時のためにこっちでも練習だ。プレゼンといっても、社内だ。読み間違えさえしなければいい。スラスラ、サラサラと——。

また叩かれた。バシバシバシっと、三回もだ。

「なんで？　何？　駄目ってこと？」

さっき両親の膝にペタペタ肉球ハンコを押していた感じとは違う。缶詰を落とした感じでもない。

ベーナが何を言いたいのか、言葉がないのでわからない。顔も、人間のように表情豊かではない。

「なんで叩くんだろう。なんか……イマイチって言われてる気がする」

猫の手癖をスマホで調べようとした時、ドアがノックされた。朝から出かけていた兄が入ってくる。

「猫、いるんやって？」

「うん」

目線でベーナを指すと、兄は顔を輝かせた。

「ほんまや。猫や。写真撮ろ」

早速、ベットに横たわるベーナをスマホで撮影している。

「友達から預かってるんやって？　わかってたら、明日予定入れへんかったのに。

バーベキューの約束、断ろうかな」

兄も両親と同じく、ベーナが来て嬉しそうだ。

気持ちはわかる。余程のことがない限り、この家で猫は飼わないだろう。両親も兄も、楓子と同じで石橋を叩くタイプだ。そして生き物に対しては、どんな石橋にも保証はない。きっと渡ることはせず、向こう岸から羨《うらや》んで眺めているだけだ。

だから数日でも猫を預かることができて、みんな浮足立っている。

家に猫がいる。さわれる。とても貴重な経験だ。

「動画撮ろ。今だけ俺の猫ってことにしよ」

兄は嬉しそうにベーナを撮影し始めた。楓子はちょっと呆れた。

「お兄ちゃん。ベーナはすぐに返すんやで」

「ええやん。猫飼ってるっていうたら、好感度アップや。そや。明日のバーベキューでみんなに見せよう」

「結局バーベキュー、行くんや」

「明日のは重要やねん。会社の子にこの動画見せたら絶対食いつくわ」

つまり、会社の女子というわけだ。よその猫をネタに女子にモテようとする兄が、ちょっと情けない。

「よし、もっと猫メンのアピールを……」

兄はベーナのアップを撮ろうと、スマホを鼻先に近付けた。

一瞬、黒いゴムが弾け飛んだのかと思った。

それぐらいの速さで、ベーナが兄のスマホを叩き落とした。カーペットの上を何度か跳ね返る。

兄も、楓子も硬直した。しんと部屋が静まり返る。

動いているのはベーナの尻尾だけだ。ユラリユラリと射程距離を測るように大きく揺れている。顔は無表情だが、目は静かに怒っている。その姿を見て、楓子は理解した。ベーナはやはり、何か気に食わない時に強く叩くのだ。

「お、お兄ちゃんが悪いんやで。ベーナのこと、俺の猫やって言うから」

「え？　俺が悪いん？」

兄はビクビクしながらスマホを取りに行った。幸いスマホは割れておらず、傷もついてない。だがさっきの一手の激しさ。避けられる速さではなかった。

「そうか。俺が悪いんか。ごめんな、猫」

兄はしょんぼりしている。なんだか可哀想になってきた。両親には、軽く手先でチョイチョイと掻く程度だったのだ。こちらが大人しくしていれば、ベーナはじゃれてくれるかもしれない。

「お兄ちゃん。じっとしてて」

「え、何。もう猫メンは諦めるわ。嫌われるの、かなん」

「いいから座って」

兄をカーペットに正座させる。しばらくしてベーナはベッドから下りた。細くて長いので、流れ落ちるような動きだ。兄の周りで円を描く足取りは、まるで獲物に襲い掛かる前の獣だ。兄もまた突きの一手がくるかと怯《おび》えている。

ベーナが兄の膝を前肢でチョンとさわった。ほんのちょっとだが、兄はたまらなく嬉しそうだ。

「うわ。めっちゃ可愛いなあ」

「よかったね、お兄ちゃん」

この感情、すごい。

猫というのは、見ているだけで胸がいっぱいになる。兄はニヤニヤしながら部屋から出ていった。ベーナは部屋の隅っこに置いたクッションに頭を乗せ、目を閉じている。今度は本当に眠そうだ。

スマホが鳴った。高藤からの電話だ。驚いたことに彼は家の前にいるという。慌てて外に出ると、本当に家の前にいた。

「高藤君、どうしたん?」

「猫缶持ってきたよ。主食になるやつ」

高藤がビニール袋を差し出す。中には猫缶がいくつか入っていた。

「わざわざ来てくれたんや」

「さっきは中途半端におやつのやつをあげてもしたからな。これは主食になるよ。ドライを食わへんかったらこっちでもええ。適当に併用して」

「ありがとう」

気にかけてくれていたのだ。それが猫に対してなのか、久しぶり会った自分に対してなのかはわからない。どっちだとしても、彼の親切が嬉しい。

「うちの家ね、今、みんなして猫に夢中やねん。お父さんは早めにパチンコから帰ってくるし、お兄ちゃんは冷たくされてションボリしてるし」

「ははは。猫はそうなるよ。飼いたくなったやろ？」

「うん……」俯いて、薄く笑う。「逆かも」

「逆？」

「正直、ちょっと影響力が大きすぎてびっくりしてる。飼ったら、人生が変わりそう」

「なるほどな。確かにそうやわ。八田は偉いな。猫とか犬とかのいいとこだけ見て、自分でも飼えそうやなって思う人は多いよ。実際に飼うと、一つも思い通りにならへんけどな」

高藤はそう言って、少し苦々しく笑った。

「でも犬とか猫のことだけちゃうな。人生も、全然思い通りにならへんわ。八田は？ うまいことといってる？」

笑ってはいるが、彼の目は悲しげだ。さっき店で喋っていた時も感じたのだ。子供の頃と同じく明るいけれど、どこか陰りがある。大人になったからというだけではなく、どこか投げ遣《なや》りな感じがする。

「私は……」

思い通りかと聞かれると、そうではない。少なくとも今は悩みがある。

「思い通り……ではないかな。今、会社で苦手な仕事があって、ちょっと悩んでる。モヤモヤしてるせいか、ベーナに叩かれてるねん」

「ああ。猫パンチな」

「猫パンチ？」

「俺も顎やられたやん」と、高藤が顎を突き出す。

猫パンチ。あれがそうなのか。

病院で医者を叩いている時は、パンチというよりしばき倒している感じだった。もし爪が出ていたら、流血沙汰だろう。ちょっとしたスプラッター映画だ。

「猫パンチね。聞いたことあるけど、見たのは初めて。動きがおもしろいよね。それに結構、きついし」

「猫はよくやるよ。いきなりバシバシって連続で。爪でやられたら泣くで」

「やっぱり血が出るの？」

「出る出る」と、高藤は自分の手で鉤爪《かぎ》を表した。「猫って、わけもなく引っ搔いたりすんねん。うちで飼ってた猫もめちゃくちゃ気まぐれで、何考えてるのか全然わからへんかったわ」

「じゃあ叩くのにも、わけはないの？」

「ないない。単なる気まぐれ。ただの気分でやるんや」

「そうなんだ」

ベーナのあのバシバシに、理由はないのか。何か言いたげな感じがしていたが、たった一日預かっただけで動物の行動心理がわかるはずない。

高藤は子供の頃から動物に接している、いわばプロだ。家でも飼っていたなら、相当詳しいのだろう。猫が気まぐれというのはよく聞くし、高藤がそう言うなら、そうなのだ。

「猫は犬と違って、しつけができひんからな。トイレとか嚙《か》み癖《ぐせ》とかは多少なんとかなるけど、根本的に自由や。好きなことしかしようへん。うらやましいわ。人間は、思い通りにならへんよな。そっか。八田も仕事、大変なんやな。俺も東京で働いてた時は悩み多かったわ。でも、しんどくても楽しいこともあった。今はネットの注文さばいてるだけで、なんも面白くないわ」

彼の口調は明らかに仕方なしといった感じだ。苦い表情もそれを匂わせる。楓子が抱えている小さな悩みとは違う。高藤にはかなりの未練と、そして不満がある。

家に戻ると、母が居間から顔を出してきた。

「誰かと喋ってた？」

「うん。高藤君って覚えてる？　商店街の高藤犬猫ガーデンの子。ベーナのことで、色々教えてもらってたの」

「ああ、高藤君な。小学校で一緒やったね。あそこのお父さん、何年か前に倒れはったね。今は息子さんがやったはるんや。偉いね」

「うん」

同級生が、もう親のことを考えている。そんな年齢なのだ。

部屋に戻ろうとすると、また兄が話しかけてきた。

「なあ。猫がいるんって、月曜までか？」

「うん。月曜に、家に帰ってから戻しに行くよ」

「月曜か」と、兄は残念そうだ。「来週も別の集まりがあるんやけど、その時まで猫メン引っ張るんは、あかんやろか」

要するに、女子に受ける話題がほしいのだろう。たった三日、しかも妹が預かった猫をそこまでネタに使いたがる兄が切ない。

「猫に詳しくないのに、猫メンっていうのもどうかな。でも、好きなのはええんちゃう？　猫好き男子」

「そうか。それいいな」と、兄の顔が明るくなる。「さっきさわってもらって、嬉しかったもんな。よし。俺はこれから猫好き男子でいくわ」

兄は勝手に納得したようだ。恐らくこれから、どの集まりでも猫好きだと豪語するだろう。

だが、気持ちはわかる。ベーナはたった一日で家族全員の心を摑んだ。すさまじい吸引力だ。

部屋で、ベッドのど真ん中を陣取るベーナを見てしみじみ感じた。

これが猫。即効性がありすぎて、おまけに効き目が強すぎる。

月曜の朝は、想像していたものと違っていた。

きっと、起きた瞬間から憂鬱《ゆううつ》だと思っていた。前の晩も眠れず、寝ても悪夢にうなされ、どんよりした顔で会社へ出勤するのだろうと予想していた。

だが意外にも、よく眠れた。ベーナが一緒に寝てくれたからだ。

とはいっても、足元のほうで丸くなっていただけだ。先に布団の上に乗っかっていたので、楓子はベーナの邪魔をしないように、体を折り曲げ、小さくなって眠った。

それでも足元に猫がいると思えば、自然と笑みが浮かんだ。暗いし、抱き締めているわけではない。逆にあまり近すぎると、怖かったかもしれない。何しろ日曜日に練習している間、ずっとベーナがそばにいて、しょっちゅうバシバシと叩いてきたのだ。

「八田ちゃん、とうとう今日やな」

会社へ出勤すると、同じ経理課の美咲《みさき》が声をかけてきた。

まだ始業時間前なので、部署内でもおのおの好きなようにしている。自席でコーヒーを飲んでいる者もいれば、もう仕事をしている者もいる。いつもは他愛ない世間話をしている楓子と美咲だが、最近は二人でプレゼンの練習をしていた。一つ年上の美咲は、何度も付き合ってくれている。

「この土日、私まで落ち着かへんかったわ。あ、八田ちゃんは緊張することないんやで。みんなカボチャやしな。会場も暗いし、周りなんか見えへんよ。大丈夫、大丈夫」

美咲はまるで自分に言い聞かせるように頷《うなず》いた。楓子が出したアイデアがコンペに出ると決まった時はとても喜んでくれたし、内容もすごくいいと褒めてくれた。資料作りも手伝ってくれた。

「ありがとう」と、楓子は礼を言って、タブレットを充電した。プレゼンの途中でバッテリーがなくなったらシャレにならない。それに原稿も印刷し直した。ボロボロになった練習用の紙を見て、おかしくなってくる。

美咲は首を傾げている。

「あれ？　八田ちゃん、なんか余裕っぽいね」

「余裕じゃないよ。でも思ったほど緊張はしてない。今はね」

本当にそうだ。腹痛で会社へ来られないとか、来ても会社のトイレで吐きそうになっているとか、そんな自分を想像していたが、思ったほどではない。

それは多分、緊張や心配が占めていた箇所に猫が丸まっているからだ。今、楓子の心の真ん中に猫がデンと丸まっている。不安材料が消えたわけではないのに、ベーナはそれらを押し退けることもなく上にどっかりと乗っかった。猫の存在感の大きさに、他が霞《かす》んでしまっている。

「できることは、もうやったもん。資料も、これ以上直すとこないってくらい見直したし、練習もいっぱいした。猫にもバシバシ叩かれたしね」

「猫？」

「うん。土曜日に知り合いから猫を預かってん。その猫がね、めっちゃ猫パンチしてくるの」

「マジで？　どんな猫？　写真ないの？」

「あるよ」と、昨日撮ったベーナの写真を見せる。見上げている格好なので、顔だけが大きく、アングルはよくない。だがこげ茶色に水色の目が発光していて、まるでキャラクター商品だ。

「やば！　超かわいい」

美咲は楓子のスマホを見て、目を輝かせた。彼女が動物好きなのは知っている。使っているボールペンやクリアファイルはだいたい動物モチーフだ。

「シャム猫やん。いいなあ。さわりたい。うちの家、昔猫飼っててん。この子さわらしてくれる？」

「駄目。猫パンチで阻止される」

「それもいいなあ。パンチされたいわ。この猫が練習中に叩いてくんの？　可愛いやん」

美咲は本気で羨ましがっている。確かにベーナは可愛い。

だが、厳しい。

顔の色合いのせいか、水色の目は本当に光っているようで、すさまじく厳しい審査員といった感じだ。しっかりと噤《つぐ》んだ口は、ひとつのミスも許さない厳格さを思わせる。

それに行動がまったくつかめない。どのタイミングで叩くのか、そして緩急の付け方も不明だ。軽くちょいちょいとさわる時もあれば、次第にそれが強くなる場合もあり、よくわからないままだった。

「猫って、ほんとに気まぐれなんやね。わけもなく、バシバシするんやもん。ああいうのが、ツンデレっていうんでしょ」

「猫パンチとツンデレはちょっと違うかな。猫パンチも、意味なくやってないねん。叩くにはわけがあるよ。ただそれがわかりにくいのが、また可愛いんやけどね。猫パンチされると、痛いけど嬉しくならへん？　猫パンチされてる私、みたいな」

美咲はうっとりとしている。楓子はまだそこまでの境地に至っていない。だがチョコレート色の前肢を思い出すだけで頬が緩《ゆる》んだ。

「確かに、あの手の動きは可愛いよね」

バシバシにもわけがある。

病院でもらった説明書にも、それらしいことが書いてあった。

だが高藤が言うように、叩くのは単なる気まぐれというほうが猫のイメージに合う。意地悪とは思わないが、可愛くて、気まぐれ。シャムのベーナは高貴で勝気そうな見た目をしている。中世の気まぐれな王子様といった雰囲気だ。

ベーナは今日の夜には病院へ返しに行かなくてはならない。そう思うと、とても寂しい。土曜も日曜も、ベーナがいたお陰で和《なご》めたのだ。それだけでも、猫を処方してもらった甲斐《かい》がある。

プレゼンは十時からだ。発表者は三十分前には会場へ集まるように指示されている。その前にトイレの個室でひと息ついていると、外から声が聞こえてきた。洗面台の前で誰かが話をしている。

「もうちょっとしたら会場に行かないと。面倒臭いよね」

「うん。今日のコンペは出席するようにって、上に言われてるもんね。斎藤《さいとう》さんの商品のお披露目やもんね」

「開発部で初めての女性課長やから、全社で盛り立てて、華々しく商品化してあげたいんやろうね。そやけど他の人は可哀想だよ。出来レースって知ってんのかな」

「そら、知ってるでしょう。今回選考されたメンツ見たらわかるよ。斎藤さん以外は当て馬って感じやん」

「ひっど、その言い方」

「でもほんまやん。それに斎藤さんは社長や常務にも期待されてるんやから、張り合ったり、目立ったりしたら、空気読まないやつだって思われるしね」

「忖度《そんたく》って嫌やな。もしかしたら、本気で頑張ってる人がいるかもしれへんのに」

「しゃあないよ。会社員やもん。後ろのほうに座って、寝てようっと」

「私も」

どちらの声も、なんとなく聞き覚えはある。他部署の女性社員だ。

だが誰であろうと構わない。内容が強烈すぎて、楓子はしばらく放心状態だった。

出来レース。

当て馬。

「ひどい」と、無意識に呟《つぶや》く。こんなひどいことってあるだろうか。社員同士、切《せっ》磋琢磨《さたくま》してよいアイデアを出すためのコンペだと信じ込んでいた。それが、誰か一人を目立たせるための舞台だったとは。

なんて間抜けだったんだろう。

情けなさが込み上げる。それと同時に、他の選考者など気にも留めていなかった自分への悔しさも湧いてくる。どうして今回に限って全員応募のお達しが出たのか。その意味を深読みしていなかった。誰も、教えてくれなかった。

選考された時、美咲だけでなく、経理課の主任も喜んでくれた。楓子のアイデアが商品化されたら部署初の快挙だと嬉しそうだった。

もしかしたら、みんなはぼんやりわかっていたのかもしれない。

わかっていて、そして楓子も理解していると思ったのかもしれない。おめでたいのは自分だけだったのかも。

外から、トイレのドアが開く音がした。

「八田ちゃん、いる?」

美咲だ。心配そうな声だ。個室のドア越しに返事をした。

「……うん」

「大丈夫? おなか痛いん? 八田ちゃんがまだ来てへんって、企画部の人が探しに来てたで」

「そっか」と、小さく返す。もう開始十分前だ。さっき喋っていた二人も、嫌々後ろのほうで座っているだろう。会場の雰囲気は想像がつく。今まで自分も何度か参加したことがあるのだ。

私だって、真剣に聞いていなかった。わざと後ろのほうに座って寝ていたこともある。他人の緊張や努力なんて深く考えなかった。

ここから出たくない。ずっとトイレに籠《こも》っていたい。

だが、たとえ出来レースのコンペだろうと、投げ出すほど無責任ではない。楓子は渋々トイレの個室から出た。顔付きがあまりに暗かったせいか、美咲がオロオロしている。

「体調悪いん？　やめさしてもらう？」

「……ううん。大丈夫。できるよ」

楓子はぎこちなく笑った。今は愚痴を言う時間がない。しゃんと背筋を伸ばしてみせると、美咲はホッとしたようだ。

「いい報告あるねん。なんと社長が来れなくなってん。急にお得意様のアポが入ってんて。社長がいないだけでも気が楽やろ」

「そうなんや」

確かに大物が一人不在になり、緊張がほぐれる。だがふと気が付いた。もう全然緊張していない。

「カボチャや」

「え？」

「みんな、カボチャやと思う。別に誰も聞いてへんし。緊張するだけアホらしいよね」

「う、うん。そうやで」と、美咲は少し驚いている。「大丈夫。あんなに事前準備したんやから。私、八田ちゃんのアイデア、マジで通ると思ってんねん。あれ、ほんまに使いたいもん」

励《はげ》まされ、楓子は微苦笑をする。きっと美咲は本気でそう言ってくれているのだ。同じ課の人を不審がるのはやめよう。他の課の人や、企画部の人たちもだ。本命だという開発部の斎藤のことも、恨むのは筋違いだ。


せっかく練習したのだ。ベーナにも何度も聞いてもらった。

妙に気持ちが軽くなる。

「ほら、八田ちゃん。もう時間ギリギリ」

美咲に急かされ、慌ててトイレから出る。楓子はプレゼン会場へと駆け込んだ。


今日はずっと、フワフワしていた。

自分の発表が終わってからも、仕事中、ずっとどこか浮ついていた。緊張やショックで心が乱されたせいもある。プレゼンが終わったあとはとても疲れた。だが、ベーナを病院へ返しに行かなくてはならないのも、落ち着かない原因だ。

定時ダッシュで家に帰ると、ベーナをキャリーケースに入れた。直前までベーナと遊んでいた母親は寂しそうだったが、どこかホッとしているようでもあった。

その気持ちはわからなくもない。楓子も電車の中で膝に乗せたベーナの重みに、無事に返せそうでよかったと思っていた。何事もなくてよかった。食事も排泄もトラブルなく、ベーナは元気だ。だが楓子はどんよりと暗いものを胸に抱えていた。

プレゼンはそこそこうまくいった。

社員がカボチャに見えたわけでないが、照明を落とされた暗い会場では視聴席へ意識が行かず、多少の詰まりや言い間違いも、どうせ出来レースなのだからと気にならなかった。自分の発表は、練習の甲斐もあって及第点だと思う。

それでもやはり、心は晴れない。最後に壇上《だんじょう》に立った開発部の女性課長、斎藤が考案したモバイルパソコンの収納バッグは、これぞ本命といった本格的な商品だった。斬新なアイデアではないが、色や柄のバリエーションが豊富で、外出先や顧客の前でPCを取り出す時にはちょっと目を引くお洒落さがあった。だが安価ではなく、採算も悪い。経理部の楓子には出せない案だ。それでも素直に素敵だなと思ったし、会場の反応も、斎藤の時だけ格別によかった。

その歴然の差が、楓子の心を暗くした。これなら当て馬なんか不要だった。発表後、美咲や経理部の同僚は褒めてくれたが、余計に居た堪《たま》れない。

ベーナの温かさを膝上にじんわり感じる。ベーナといられるのはあとわずかなのに、こんな気持ちで申し訳ないと思う。本当ならもっと、幸せだったのに。ケース越しでも猫が膝の上にいるなんて、もう経験できないかもしれない。

祇園四条駅で降りて、西へ向かう。ベーナを預かった日とは違って、街は観光客でいっぱいだ。混雑する四条通を避け、通行人が少ない道を北に折れた。錦小路通を越えるとそろそろ近い。三日前はここら辺りを何周かした。今日はもう陽が陰っているので、あの路地は更に見つけにくそうだ。見落とさないようにと、気にしながら進む。

ふと、病院の看板が目に入ってきた。

須田動物病院。

古い小さな病院だ。そういえば、あの変な医者は須田心がどうのこうの言っていた。ほんまもんの心先生の病院が裏手にあると。ということは、この裏通りが例の路地だ。

しかし、まさかの動物病院とは。怪我をしたらと言われたが、猫に付けられた傷は、動物病院で診てもらうのだろうか。

須田病院を通り過ぎようとした時、扉が開いて、白衣の男性が出てきた。ボサボサの白髪頭で、いかにも頓着《とんちゃく》しない医師といったふうだ。玄関前の植木に水をやっている。

中京区の繁華街では、ほんのひと筋入ると、普通の民家やマンションがある。民家は大抵古く、昔からの住人が多い。この須田病院から出てきた男性も、いかにも地元民といった感じだ。

楓子は通りを進んだ。ここらは新しくてお洒落な店と古い雑居ビルが混在している。さっき見かけたような店並び。歩いてきたような通りを一周、二周すると路地の入り口が見つかった。

須田病院の裏手にしては方向がおかしいが、突き当りにはあの雑居ビルがある。路地に入ろうとした時、スマホが鳴った。美咲からだ。なんだろうと、ベーナが傾かないようにケースを抱えて電話に出た。

スマホの向こうで美咲は高揚《こうよう》気味だった。楓子が定時ダッシュしてからあとの、会社での出来事を教えてくれる。

彼女の話では、今日のコンペがやり直しになったという。急なアポで参加できなかった社長が、期待している斎藤の提案を直接聞きたいからと鶴《つる》の一声を発したらしい。それだけでも動揺したのに、更に驚いたのは、やり直しは全員ではない。今日発表した五名の中から、斎藤と楓子だけが選ばれた。

美咲はすごいじゃないと、純粋に喜んでいた。どうやら出来レースだというのを知らないようだ。

嬉しそうな彼女に本当のことは言えない。楓子は戸惑ったまま、電話を切った。

その場で立ち尽くす。

一人で社内コンペなんて不自然だから、引き立て役が必要なのだ。きっと相手は誰でもよかった。なんなら、一番どうでもいい人が選ばれたのかもしれない。

ひどい、ひどいと、唇を噛む。

社長にすれば、本命以外はその他大勢なのだろう。しかも普段、関わることのない経理の事務員だ。楓子も入社してから社長と直で話したのは数回だ。向こうはこっちのことなんて覚えていない。

でも、コンペの応募者の中には、一生懸命アイデアを絞り出した人だっているはず。

実際、楓子もそうだ。応募したのは初めてだ。今までは自分から避けていた。そういう立場ではないと決めつけて敬遠《けいえん》していた。

だけど、適当じゃなかった。

一生懸命やった。

当て馬なんて言われて、本当はめちゃくちゃ悔しかった。

抱き締めたケースが温かい。ベーナの温かさに、涙がにじんできた。楓子は鼻をすすると、路地へ入った。突き当りの古いビルはまた入り口が開いている。五階まで上がって重々しいドアを開けると、受付には先日と同じ看護師がいた。チラと上目遣いでこちらを見る。

「八田さん、猫をお返しですね。先生がお待ちです」

淡々とした看護師の口調が、暗い気持ちを更に暗くする。奥に待ち患者の姿はなく、一人掛けのソファも空だ。

　診察室へ入ると白衣を着た医者が座っていて、うっすら微笑んでいる。

　なぜだろう。年齢も顔立ちもまるで違うのに、さっき麩屋町通で見かけた初老の男性に少し雰囲気が似ている。共通するのは、白衣を着ていることだけなのに。

「あれ？　八田さん、顔が暗いですね」と、医者は少し首を傾げた。「ちょっと効き方が甘いなあ。猫は合ってるみたいやけど」

　わけのわからないことを言いながら、楓子が机に置いたケースからベーナを出そうとする。楓子はハッとした。この前の連続殴打を忘れたのだろうか。もしベーナの爪が出ていたら、スプラッター映画になってしまう。

「あの、大丈夫ですか。ベーナはうちにいる時も、かなりパンチしてきたんですけど」

　遠慮《えんりょ》がちにそう言うと、ケースの扉を開けようとしていた医者が手を止めた。だがすぐに笑い出す。

「はは。大丈夫ですよ。僕は医者なんでね。猫の扱いには慣れてますから」

　そして蓋を開けてベーナを外に出す。ベーナはまたグッと尻を突き出して伸びをした。

「よしよし、ええ子やな。どや？　石橋をバシバシしてきたか。それともガリガリしてきたか」

ベーナは医者に背中を撫でられても、大人しくしている。どうやら気まぐれパンチはしないらしい。と思った瞬間、頭を反らせて、医者の手に噛みついた。

「うわああっ！」

医者が大声を上げる。楓子もびっくりした。

「噛まれた！　千歳さん、大変です！　僕、噛まれましたよ！」

医者は手を振り回して大騒ぎした。噛んだベーナは飄々《ひょうひょう》と机に寝そべっている。

「千歳さん！　千歳さん！　噛まれましたよ！　噛まれたんですって！　うわああ！」

「うるさいですね！」

金切り声と共にカーテンが開き、看護師が入ってきた。目を吊り上げ、怒りの表情だ。医者は看護師に向かって手を突き付けた。

「ほら！　見てくださいよ。噛まれましたわ」

「ええ？」と、看護師はさも鬱陶《うっとう》しそうに眉間《みけん》に皺《しわ》を寄せ、医者の手をジロジロ見た。

「たいしたことありませんよ」

「でも、ほら。血出てますやん」

医者は嚙まれたであろう手の甲を看護師にかざしている。看護師の眉間の皺が、更に深くなる。

「ちょこっと歯が刺さっただけでしょう。よかったじゃないですか。嚙まれたんが患者さんやなくて」

そして、啞然とする楓子に目を向ける。まるでこっちにも怒っているようなきつい顔付きだ。

「そちらは怪我ありませんでしたか？　この猫は、ムカついた時とか腹立った時に、手とかキバとか出てしまうことがあるんです」

「い、いえ。怪我までは。でもよく手は出されて……」

ベーナの仕草を思い返す。チョコレートが浸みたような前肢で、何度も上から叩いてきた。

あれはムカついていたのか。それとも、腹を立てていたのか。

美咲も言っていた。バシバシにもわけがあると。

ちゃんと理由があって行動に繫げていたのなら、気まぐれで片付けていた楓子は飼い主失格だ。たった数日でも、何かのサインを見落としていたかもしれない。

「私、ムカつかれてたんでしょうか。たまにベーナは強めに叩いてきたんですけど、単にそういう気分なんやと思ってました」

「わけはありますよ」と、看護師は冷ややかに言った。「人間だってそうでしょう？　猫は人と違って言葉で伝えることができません。だから、手が出るんです。遊んでほしいとか、おねだりとか。そういう時に手が出る子もいてます」

「遊んでほしい……」

「痛い」と、医者が不服そうに言う。だが看護師は知らん顔だ。

遊んでほしい時にベーナの手が出るなら、もしかして最初に両親をトントン叩いていたのは、それだったのだろうか。あの可愛いパンチで両親はすっかりやられてしまった。

おねだりは、猫缶を次々落としたあれだろうか。おねだりというより催促《さいそく》で、要求は通ってしまった。

この数日を振り返る楓子に、看護師は幾分《いくぶん》和らいだ顔で言う。

「猫が叩く本気のやつは、攻撃の意味もあります。でもそれは初めからさせないようにしないとあきません。喧嘩《けんか》になる前に、手を出す原因をなくさないと」

攻撃。

看護師の言葉に、チクリと胸が痛んだ。兄への一撃がそれだ。

突然、鼻先にスマホを近付けられて、ベーナは怒ったのだ。だから強く叩いた。

あれは完全に兄が悪い。でもそのあとベーナは兄に優しくしてくれた。

「痛い」と、また医者が不服そうに言う。

「もちろん、ただ苛々してるとか、居心地悪いとかもありますよ。人間かて、むしゃくしゃして八つ当たりしてしまうこと、ありますでしょう」

「痛い」

「あとは、人間のほうがピリピリしてて、それを感じ取ってるとか。空気を読むって、元々は猫がやることとですからね。なんでか知りませんけど、いつの間にか人間が真似して……」

「痛い」

「うるさいですね！」看護師が怒鳴った。狭い診察室に声が響き渡る。「絆創膏でも貼っといたらええやないですか！」

怒られた医者は子供のように口を尖らせている。この二人、どういう関係だろうか。単なる医者と看護師には思えない。楓子は呆れた。ベーナもびっくりしたのか、水色の中の黒い瞳孔《どうこう》が大きく開いている。

看護師は鬱陶しそうに医者を睨むと、怒りの名残《なごり》か、眉間に皺を刻んだまま楓子を見た。

「とにかく、猫にも伝えたいことがあるんです」

そしてベーナを抱き上げると、ケースを持ち、部屋から出ていこうとした。楓子は慌てた。

「その猫、もう少し預からせてもらえませんか？」

「え？」

「実は、まだ終わってないんです。社内のコンペ。明日、もう一度やることになったんです。だからもう一日だけ、うちで預からせてください。もうベーナの手が出てしまうようなこと、しません」

そうだ。もう、ピリピリしたコンペの練習に付き合わせない。多分、練習の間中、楓子はずっとしかめ面をしていた。自分では笑顔を作っていたつもりでも、強《こわ》張《ば》った顔はベーナから見て気持ちのいいものではなかっただろう。

ベーナのバシバシの意味がわかった。

なんだその顔、可愛くないぞ。

硬い、硬い。無理に笑うな。

喋り方が嘘くさい。自分のアイデアだろ。普通に紹介すればいいんだ。

——アテレコするなら、そんな感じか。

看護師が医者を見下ろした。

「どうします、先生」

医者はもう拗《す》ねた顔ではない。最初にここを訪れた時と同じく、薄く笑っている。

「そうですね。明日の夜にはこの子の飼い主さんが海外から帰って来はるんで、ほんまやったら処方期間は今日までなんですけどね」

ベーナの本当の飼い主のことを聞いて、楓子は嬉しくなった。

きっと飼い主は世界中で仕事するバリバリのキャリアウーマンで、すごくお洒落なマンションでベーナを飼っている。ベーナはその素敵なマンションで、とても大事にされているのだ。勝手にそんな想像を膨らませる。

「明日のこの時間には、絶対に返しに来ます。絶対に来ます」

「そうですか。じゃあ猫に聞いてみてください。あ、千歳さん、僕に近付けんといてくださいよ」

看護師はフフンと鼻で笑うと、楓子のそばにベーナを寄せた。

ガトーショコラの猫。ココア色の顔に映える目は、蛍光色の氷菓子のようで、口の中に入れたらゆっくり溶けそうだ。

「もうちょっと、一緒にいてくれる？」

ベーナは何も言わない。

看護師が手に持っていたケースを机に置いた。

「先生、ちょっとどいてください。八田さん、この子、入れるの手伝ってください」

「はい」

楓子は言われるまま、ケースの蓋を開けてベーナを中に入れる手伝いをした。狭い診察室では三人が動くとギュウギュウだ。医者は座ったまま、壁に押し付けられている。

ベーナを入れたケースを持つと、来た時とは違った感覚が生まれる。

「帰ろっか、ベーナ」

ベーナはまだうちの猫だ。きっと両親も兄も喜ぶ。一度帰ってしまった親戚の赤ちゃんがまた来たような感じだろうか。猫は赤ちゃんではないが、家の中を照らす明るさは同じではないだろうか。

今夜もベーナは足元で寝てくれるだろうか。想像すると顔がニヤつき、心の大部分を猫が占める。もうプレゼンの練習はしない。自分の考えを、自分なりに発表すればいいだけだ。

せっかく猫がいるのだ。家に猫がいるのに、他のことをするなんて勿体なさすぎる。

まだ一緒にいられると思うと、明日のコンペのことなど気にならなくなった。

二度目ということもあってか、今日のコンペは小規模の会議室で、参加者は社長と数名の上役だけだ。

投影するモニターも小さく、聞く側との距離が近い。相手はすぐそこにいるので、前よりも反応がはっきりとわかる。

今、プレゼンしているのは開発部の斎藤だ。明瞭な声で、身振り手振りを添えて説明をしている。前回は発表者の姿勢や話し方まで気にする余裕はなかったが、あらためて聞くと、さすがだなと思う。キビキビとしていて格好いい。

もし、次の機会があったなら参考にしよう。

楓子はタブレットの原稿を軽く眺めた。そして最後のほうに、ふと思い付いた。

ああ、そうだ。

ベーナ。

「では、経理部の八田さん。お願いします」

進行役に言われ、楓子は立ち上がった。緊張はしているし、斎藤のように流暢《りゅうちょう》に喋ることはできない。だが、何度も練習してきたことだ。そして何より一生懸命やった。

モニターに、現物をイメージしたイラスト図が投影される。よく使われる七十五ミリ正方形の無地付箋《ふせん》を倍にした、百五十ミリ正方形の付箋だ。真ん中に十字の切込み線が入っている。

自己紹介の最中、社長の顔が目に入る。どことなくなおざりな感じもするが、一応は聞いてくれている。

「……通常、付箋の粘着面は上の部分だけになります。でもこの大判の付箋は、書き込んだ後に四分割する前提で、それぞれ裏にも粘着加工をします。会議などでは出た案を付箋に書き込んで、何枚もぺたぺた貼っていきますが、書き込みできる箇所が小さいので、最後のほうは字が潰《つぶ》れてしまったり、追加でもう一枚貼ったりと、効率も見た目もよくありません。ちなみにこの大きいサイズの付箋は市販されています。当社での売り上げを調べてみましたが」

画面を切り替える。グラフが出た。

「ほとんど、需要がありません。書き込みできる箇所はたくさんありますが、大きすぎて使いづらいからです。ですが、使わなかった部分や、没《ボツ》になった案が記載された箇所だけを切り離せれば、こういった会議やディスカッションで、用途があるのではないかと考えました」

チラと、周囲に目を向ける。誰もが無反応だ。

まあそうだろうと、笑いそうになる。事務員が考案した付箋に、会社のお偉いさ

んが言うことなどないだろう。そもそも、聞いていないかもしれない。だったらさ
っきの思い付きも、追加しよう。

ベーナ。数日だったが、我が家の猫。

　また画面が変わる。今度は別のイメージ図だ。

「こちらは付箋の裏面になります。普通、付箋の裏は無地です。ですがこの付箋は、あえて裏の真ん中、四分割する箇所に小さくイラストを入れてみました。四葉のクローバーです。切り離すと、クローバーの葉っぱを摘んでいるようになります。私は経理課なので事務用品をよく使いますが、付箋の裏に柄があっても、実用的ではありません。でもこういうちょっとした可愛らしさが心を和ませてくれると思います。仕事中でも、ふっと微笑ませてくれるもの……。サンプルのイラストは四葉のクローバーですが、もし色んなバリエーションがあれば、私なら猫のものを選びます」

　タブレットから顔を上げて、前を向く。

　もう読むべき原稿は終わった。あとは自分の思いだ。

「私なら、シャム猫がいいです。顔の真ん中が濃い茶色で、目はまん丸の水色です。四分割しても、どの部分も全部可愛いんです。裏面なので自分だけの楽しみですが、推し猫の種類があれば、きっとそれを買います。そして、切る時にちょっと

笑うと思います。もしかしたら、切りたくないって思ったり、ごめんねって心の中で謝るかもしれません。仕事中にもそういう和みがあっていいと、私は思います。以上で終了いたします。ありがとうございました」

ゆっくりと、頭を下げる。顔を上げた時には社長と目が合った。

「サイアミーズか」

「は、はい」びっくりして、目を瞬《またた》く。「シャム猫です」

「うちでも飼ってたことがあるよ。今いるのは雑種ばかりだけどね」

そう言って見せてきた手の甲には小さな引っ掻き傷がある。

「猫をモチーフにするなら、シャムとか三毛とか、ビジュアルのわかりやすい猫がいいだろうね。二人ともご苦労様。なかなか面白かったよ。よく検討させてもらうよ」

社長と他の社員が会議室を出ていくと、すぐに斎藤が話しかけてきた。

「ねえ、八田さん。その案いいわね。猫っていうのが刺さったわ」

「え？　そうですか」

「そうよ。今回の結果に関わらず、開発部で預からせて。コストを見直せば充分、商品化できるわよ」

びっくりして、ぎこちない返事しかできなかった。斎藤は本気らしく、仕事に戻ったあとも経理部の上司を含めてメールしてきた。どういう動き方をすればいいのかわからないし、実現するか不明だが、少し、いや、かなり報われた気がした。

コンペの結果が出るのは二、三日後だ。結果はもうわかっている。

「八田ちゃん。お疲れ様会しようさ」と美咲が誘ってきた。

「うん。でも今日はあかんねん。猫を返しにいくから」

「あれ？　昨日もそんなん言うてへんかった？」

「一日、延びたの。でも不思議やけど、その一日が三倍くらいに感じた。猫ってやばいね。猫がいるっていうだけで、家が今までの家と違うみたいなの。なんていうか、猫がいる家っていうか」

「まんまやん。でもわかるよ。猫がいる家は、猫がいる家やねん」

「まんまやね」と二人して笑う。本当にその通りだ。ベーナがいた数日は、八田家は猫がいる家だった。いない家と、いる家は違う。どちらがいいとかではない。猫がいる家には、猫がいる。

病院の重厚なドアを開けると、受付の看護師がチラと目を上げてきた。

「八田さん、中にどうぞ。先生がお待ちです」

とても素っ気ない。楓子が診察室に入ると、医者は座って待っていた。

「こんばんは。ああ、猫は出さんでいいですから」

手のひらで、先に制止してくる。楓子は椅子に座り、机の上にケースを置いた。

「ベーナ、すごくいい子でした。遊んでのポンポンはしましたが、それくらいでした。ずっといい子でした」

「そうですか。そらよかった。千歳さん、猫持っていって」

後ろに向かって言うと、カーテンが開いて看護師が入ってきた。冷ややかな目付きだ。

「あら。今日は出さはらへんのですか」

「そろそろお迎えが来ますんでね。ボサボサやったら申し訳ないでしょ」

医者はケースの蓋に顔を近付ける。途端にベーナが網を叩く。医者は笑っている。

「やんちゃやな。でも、もうやられへんで」

「ええやないですか。ボコボコにされるくらい。昔はよく喧嘩してたでしょ。いつも負けてはりましたけど」

「あれは、相手が子供やったから」

医者の顔に今までの軽さはない。薄く微笑んでいる。

看護師がケースを持っていってしまった。名残《なごり》惜しくて、カーテンの奥を見透かしたくなる。

いつか猫を飼えるだろうか。そういう縁が巡ってくるだろうか。

想像できない未来を見る楓子に、医者が言った。

「猫はよく効きますけどね、治るか治らへんかはその人次第です。叩かれても、なんにも感じひんかったらただ痛いだけです。あなたは考えて、自分で治したんです。猫はちょっと手を添えただけですよ。もしいつかあなたが猫と暮らす日が来たら、きっと今度は、ガブリされて、嚙まれて引っ掻かれるでしょう。楽しみですね。では、予約の患者さんがお待ちなのでそろそろ。お大事に」

あっさりとあっけなく、診察は終わった。部屋を出ても、ソファには誰もいない。ものすごく人気でイケメン医師というのは間違いだった。だが、腕がいいというのは、当たっていたかもしれない。

病院から出て路地を抜けると、京阪電車に乗って藤森駅で降りた。行きはベーナがいたので駅まで母親に車で送ってもらったが、帰りは歩こう。家に向かって商店街を歩いていると、『高藤犬猫ガーデン』が目に入った。高藤にはベーナにたくさん餌をもらった。お礼を言おうと、ガラス戸から中を覗く。陽が落ちているので、店内の灯りがぼんやり滲《にじ》んでいる。

奥のカウンターに高藤がいた。向こうもこちらに気が付いたので、中に入る。

「仕事中にごめんね。ちょっとだけいい?」

「ああ、ええよ」と、高藤は開いていたノートパソコンを閉じた。「発注の手配が済んだとこや。八田は会社帰りか?」

「預かってた猫を返しに行ってたの。缶詰、ありがとうね。すごく美味しそうに食べてた」

「そうか。そらよかったわ。猫の食べモンはどんどんよくなってるからな。そのうち、人間と同じくらい長生きするかもしれへんわ」

「猫が長生きしてくれたら、嬉しいね」

「そうか?」と高藤は皮肉っぽく肩を竦《すく》めた。「それやと、人間と同じやん。猫の意味がないよ。猫は猫やから色んなとこで需要があるねん」

小学生の頃、この店に招いてくれた彼の顔はさして変わっていない。大人になっただけだ。

それなのに何かが変わってしまった。高藤が飼っていたという猫は、どんな猫だったのだろう。その猫は、今、彼の心にいないのだろうか。

ベーナを預かった日、どうして高藤を叩いたのか。何が嫌だったのだろう。何を感じ取ったのだろう。

昔馴染みがあまり幸せそうでない。それが、チクリと胸に刺さる。

「高藤君。私が預かった猫ね、バシバシするのにはちゃんとわけがあったよ。叩かれて、こっちが教えてもらったよ」

「猫に？　何を？」

「色んなこと。だから高藤君のこと叩いたのも、きっと意味があったんやと思う。私にはわからへんけど、高藤君にはわかるんじゃないかな。だって、猫に詳しいもん」

「詳しいのはもちろんやけど、猫は猫で、やっぱり人間とは違うよ。そんなに複雑じゃない。でも八田の気持ちもわかるよ。八田は優しいな」

「そうじゃなくて……」

あの病院で教えてもらったことは、言葉では説明できない。強引で独特で、不思議な治療だ。彼にも行ってほしいと思った。今、高藤には猫パンチの意味は届いていない。だが叩かれて何も感じない人とは思えない。

「高藤君。もしなんか……ちょっとした悩みとかあるんやったら、どんな些細なことでも聞いてくれる、いいお医者さんがいるよ」

「医者？」と、高藤は苦笑いしている。「医者なあ。俺は、あんまり用がないなあ」

「話するだけで、気が楽になるよ。中京区の、富小路とか蛸薬師とかをぐるぐる回ってたら、細いビルがあるねん。そこの五階」

「富小路ってどこやろ。そこら辺、似たような通りばっかやしな。蛸薬師はわかるけど」

高藤は明らかに乗り気でない。話半分で、送付伝票の整理をしている。

メンタル系の病院へ行くのは、自分が悩みを抱えていると認めることだ。大小関わらず、それは勇気がいることだ。

だから、誰かの後押しがいる。

それは猫の手だったり、友達の手だったり。

「えっとね、麩屋町やったかな。須田病院っていう動物病院があるねん。そこの裏手らへん」

「須田病院？」

薄笑いしていた高藤は表情を変えた。訝《いぶか》しそうに眉を寄せている。

「あの病院の裏やったら、中京ビルジングやろ。俺の知り合いが猫のブリーダーやってた時に借りてはったビルかな。あそこはだいぶ前に閉めはったけど」

「そうなんだ。じゃあ場所は知ってるんやね。中京こころのびょういんっていうの。すごく変わってるんやけど、いい病院やで。もしよかったら行ってみて」

「ふうん。せやな。暇が出来たら行ってみるかも」

高藤はもう興味なさそうに伝票を片付けている。きっとお節介に思っているのだろう。

　もし猫を処方してもらったと言えば、どう反応するだろう。きっと、猫を飼っていた人には抵抗がある。言わないでおこうと楓子は決めた。行ってから、あの医者と高藤の間で考えることだ。

　グルリと店内を見回す。ここにもう生き物はいない。ほんの数日預かった猫が心の一部になるのだ。同い歳だが、彼の人生の複雑さを感じた。

「小学二年生の時に、このお店に遊びに来たよね。魚とか小鳥とかいて、今でもよく覚えてる」

「二年の時？」と、高藤は首を傾げた。「そうやったっけ？」

「そうだよ。クラスの何人かで遊びに来たやん。高藤君のほうから呼んでくれたんやで」

「俺から？　俺、そんなん誘うかな」

　高藤は本気でわからないのか、腕を組んで唸《うな》っている。だがパッと笑顔になった。

「思い出した。宮城《みやぎ》っておったやん。クラスで一番可愛い子。八田、仲良しやったやろ。俺、あの子のこと好きやってん。そんで八田を誘ったら宮城が来るかなって思ったんや。小学生のクセに、小賢《こざか》しいな。あはは」

高藤は軽く笑っている。だが楓子は笑えない。真顔の楓子を見て、高藤は不思議そうに言った。

「八田？」

「あはは。そっか。宮城さん目当てね。うんうん、そっかそっか」

幼い頃の思い出も、大人になればこんなもんだ。だが子供なりの企《たくら》みだったのだろう。少しだけほろ苦いが、出来レースや当て馬に比べれば可愛いものだ。

「帰るね。じゃあね」

「あ、八田。今度飲みに行こうさ。藤森駅の近くにいい店ができてん」

高藤が照れ臭そうに言った。楓子が驚いて何も言えずにいると、更に恥ずかしそうに目を逸《そ》らせた。

「いや、ちょっとお洒落な店やから、一人で行きづらいっていうか。深い意味はないねんけど、八田やと気兼ねなく誘えるというか、聞いてほしい話があるような、ないような」

言い訳がどんどん支離滅裂《しりめつれつ》になっている。今の彼は、小学二年生に見える。

「うん。行こう。話そうね。色々聞かせてほしい」

そう言うと、こっちも恥ずかしくなる前に店を出た。小学生の頃の思い出は、思い出のままだ。どういう大人に成長したかは行動が示す。あの医者のように、些細な悩みでも真剣に話を聞いてあげたい。もし楓子で力不足なら、『中京こころのびょういん』を訪ねてほしい。そのために背中を押してあげたい。

今日、楓子は苦手なプレゼンを乗り切った。次の目標も出来た。アイデアの商品化だ。大判付箋が没になっても、またチャレンジしよう。あの医者に出会ったお陰で訪れた変化は、良いほうへの変化だと思いたい。

そしてわかったこともある。猫は飼えない。可愛すぎて飼えない。すでにもう寂しくて、思い出すとちょっと目が熱くなる。それほどに猫の記憶は残る。

兄のスマホのフォルダはベーナの写真でいっぱいになった。両親は、猫は大変だからと、飼えない理由で自分たちを納得させていた。

多分、次もその次も、楓子が生み出すアイデアには猫が絡んでくる。肉球、尻尾、三角耳。想像ではなく、現実の可愛らしさが活かされる。

きっとそのたびに、ベーナを思い出して目が熱くなるんだろうなと、猫のいない家に帰る途中、泣きそうになった。

第二話

「家に、帰りたくないなあ」

堂島光太郎《どうじまこうたろう》は夜空に向かって呟《つぶや》いた。一緒にいる同僚の林田《はやしだ》が笑う。

「堂島さん。それ、奥さんに言うたら怒られるやつですやん」

光太郎も自嘲《じちょう》した。呼気が酒臭い。同僚も随分《ずいぶん》飲んでいて、さっきまでは取り留めのない話で盛り上がっていた。笑い合い、愚痴《ぐち》り合う。明日になればすべて忘れるような内容だ。

それでも不意の素面《しらふ》で零《こぼ》れた呟きは、光太郎の本心だ。

もう一人、一緒に飲んでいた上司の阿部《あべ》が陽気な声で言った。

「堂ちゃん。飲みに行けたん、三か月ぶりやんな？　これからはもうちょっと出てもええやろ。もう半年過ぎたんやろ」

「やっと七か月です。ここんとこ、夜泣きがひどいんですよ。僕も嫁さんも全然寝れへん」

「それやったら、堂ちゃんは昼間に営業車で寝たらええねん。そんで、家に帰ったら嫁さんに代わって子守りしたるんや。嫁さんはな、とにかく寝たいねん。子育て中は睡眠不足で気が立ってるから、寝かしたらなあかんで」

酔っているせいで阿部は大声だ。もちろん、本当に外回り中に営業車で寝ていいという意味ではない。周辺は飲み屋ばかりで、誰もかれもが陽気だ。路上では若い連中が大声で笑い合っている。同じ笑いでも、サラリーマンの自分たちとは弾け方が違う。林田と光太郎は三十代前半、阿部は四十歳を少し出たくらいだ。気分よくはしゃいでいても、こっちはなんだかくたびれている。

「阿部さんのお子さんは、もう大きいんでしたっけ？」

「うちは上が小学校入ったとこや。下の子はまだ保育園。年子やから、家の中グチャグチャやで。でもええねん。開き直って、ああいうもんやと思っといたら」

「年子、ですか」

七か月前に長女の紬《つむぎ》が生まれた光太郎は、この数か月間で心身ともに疲れていた。だが阿部は子供が二人いて、しかも年子。子供を持って初めてわかる苦労に、酔った頭でも尊敬の念が湧いてくる。

阿部は家事や育児をどの程度協力しているのだろうか。会社帰りによく飲みに行っているが、彼の妻は怒らないのだろうか。光太郎は三か月前、業者との付き合いで急遽《きゅうきょ》、酒を飲んで帰った。それでも十時には帰宅したのだが、いまだにそのことを妻の真里香《まりか》にチクチク言われる。

今夜は営業半期の達成祝いだ。かなり前から真里香にも了解を得ていた。手伝いのために向こうの母親も来てくれている。ここまで用意周到にしたのだから、一軒目がお開きになって、二次会に繰り出したからといって引け目を感じることはない。

「うちはまだ、開き直るのは無理かなあ。嫁さんに全然余裕がなくて、僕、毎日怒られてばっかりですわ」

「初めての子はそんなもんや。誰もかれも、パニックやしな。ええねん。男は怒られてたらええねん。会社では上司に怒られ、客先でも怒られ、家に帰っては嫁さんに怒られる。どうや、林田。結婚したくなったやろ」

阿部はご機嫌で、林田に絡んでいる。独身の林田は賛同できないようだ。

「僕、そんなん嫌ですわ。会社はともかく、自分の家で怒られる意味がわかりませんよ。堂島さん、奥さんの手伝いしてあげてへんのですか？」

「めちゃめちゃ、やってるよ。できることは全部やってるよ」

それでも、真里香は気に入らないのだ。何をやっても文句を言われ、やらなくても文句を言われ、紬はひたすらに泣き、クタクタのまま会社へ行く。

会社の営業成績が良いのが、せめてもの救いだ。同僚もいい人ばかりで、紬のお宮参りや健診などには遠慮《えんりよ》なく休みを取れる環境だ。

恵まれている。もっと過酷《かこく》な職場で仕事や子育てをしている人が、世の中にはいるはずだ。家に帰りたくないと思うこと自体、後ろめたい。酔っぱらっているのに、頭の片隅では家で大泣きしている紬の真っ赤な顔と、目の下にクマをつくった真里香の暗い顔が浮かぶ。

「どうする？　ちょっとだけ次、行くか？」

阿部が軽く言う。彼も酔ってはいるが、酩酊《めいてい》というほどでもない。飲みに出られる機会が今の光太郎に少ないことを知っていて、誘ってくれている。断っても、笑って解放してくれるだろう。

今夜は十時までには帰る約束だ。飲み会で十時なんてと、切なくなる。周りにはまだ大学生らしい若者がうじゃうじゃいる。彼らの自由が羨《うらや》ましかった。

帰りたくない。そう思ってしまってごめんと、真里香と紬に心の中で謝る。

「……ちょっとだけ行きましょか」

「よし！　林田、おまえも来い。二人ともキャバクラ奢《おご》ったるわ」

「マジすか？　やった」

林田は喜んでいる。真里香、ごめんなと、光太郎はもう一度謝った。

「……あれ？」

見上げると、行く手を塞ぐように細いビルが立ちはだかっている。

星空はそのビルの向こうだ。どうやら抜けられない路地に入ってしまった。さっきまで林田と一緒だったのに、一人だ。いつの間にこんな場所に来たのか記憶がない。

目の前のビルは入り口が開いていて、薄明かりが廊下を照らしている。見覚えのない雑居ビルだ。

地下鉄はどこだと、光太郎は路地から出ようとした。その時、上のほうから声が降ってきた。

「ちょっと、そこの人」

鼻にかかった少し高めの男の声だ。酔った頭をぐるりと回すと、同時に目も回る。また声がする。

「そこの人。五階まで上がってきてください」

「五階？　何？　飲み屋？」

客引きか。ビルを見上げることができず、ヒラヒラと手を振った。

「いや。僕もう飲めません。それに、帰らんとあかんし」

「そう言わんとちょっとだけ。美味しいまたたび茶がありますから、上がってきてくださいよ。奥から二つ目の部屋。奥ちゃいますよ」

「またたび酒？　なんや、それ」

またたび酒など聞いたことがない。名前からして、かなり度数がきつそうだ。

酔った頭で考える。慌てて帰ったところで、もう十時には間に合わない。どうせ真里香には怒られるのだ。今さらまたたび酒の一杯くらい構わない。

「よっし！　行きましょ、飲みましょ」

光太郎はヘラヘラ笑いながらビルに入った。何度も階段を踏み外しそうになりながら、五階まで上る。フロアには同じ金属製のドアが並んでいる。奥ではないと、さっきの客引きは言っていた。閉じそうな瞼《まぶた》で、奥から二つ目のドアノブを摑んだ。

開けると、妙な雰囲気のバーだ。受付がある。

白い服の女性が出てきて何か言っている。うつらうつらと頭を揺らしながら、このバーは当たりだと思った。こんな清楚系美人なら、本格的な高級クラブでも務まりそうだ。さっき阿部に連れていかれた知り合いの店とかいうキャバクラはイマイチだった。

普段は真面目なほうだ。馬鹿《ばか》な軽口や、セクハラまがいは言わない。だが酒のせいで、気持ちが緩《ゆる》んでいる。

「お姉さん、美人ですねえ。なんか、あれやわ……。上品で……祇園《ぎおん》にいそうな……着物が似合いそうな……。そうや。舞妓《まいこ》さんみたいやな」

「もう舞妓とちがいます。一本立ちしました」

ぴしゃりと、頰《ほお》を平手打ちするようなきつい言い方だ。光太郎はハッとした。

目の前にいるのは看護師だ。不機嫌そうに睨《にら》んでいる。

看護師？　バーなのに？

当惑していると、看護師はきつく言った。

「中で先生がお待ちです」

「は、はい」

あたふたと入ったものの、奥にはカウンターもない。どうやら酒場ではなさそうだと気付いた。しまった。きっとあの看護師姿はコスプレだ。高級クラブどころか、やばいクラブだ。

戻りかけると、扉の向こうから声がした。少し高めの男の声だ。

「どうぞ、入ってください」

酔いはかなり醒《さ》めてきた。やってしまったと歯ぎしりをする。財布にはいくら残っていただろうか。

観念して部屋に入ると、こちらもまた奇妙な空間だ。白衣を着た男性が座っている。

「こんばんは。うちの病院は初めてですね。お名前と年齢を」

こいつも医者のコスプレをしている。

光太郎は益々追い込まれた。無駄使い禁止のため、クレジットカードは真里香に没収されている。支払いができず、身ぐるみ剝《は》がされたらどうしよう。さっさと家に帰って紬の世話を手伝えばよかったと悔やむ。一人だけ飲みにいったバチが当たったのだ。

　医者は微笑《ほほえ》んでいる。

「どうしはりました？　お名前と年齢を」

　個人情報を引き出そうというのか。

　もうどうにでもなれ。光太郎はやけっぱちになった。

「……堂島光太郎、三十三歳です」

「堂島さん。わざわざ来てくれはったんで、特別に一杯どうぞ。千歳《ちとせ》さん、またび茶持ってきてください。患者さんの分ですから、飲んだらあきませんよ」

　後ろに声を掛けると、カーテンが開いて、さっきのコスプレ看護師が入ってきた。ひどく機嫌が悪そうだ。

「わかってますよ。失礼ですね」

　看護師は光太郎の前に湯呑《ゆのみ》を置くと出ていった。見た目は普通のお茶だ。鼻先に持っていくと微《かす》かに香ばしい。どうやら酒ではなさそうだ。

　視線を感じた。医者がギラギラした目で凝視《ぎょうし》している。

「どうぞ、どうぞ。美味しいですよ」

確実に変なものが入っている。もしくはお茶の一杯で十万円請求されるとか。

——真里香、本当にごめん。

光太郎はまたたび茶をすすった。味は意外に普通だ。美味くもまずくもない。

「それで、今日はどうしはりましたか」

医者が温和に聞いてきた。ほろ酔いのせいか、この奇妙な空間のせいか、揺れているような気がする。もしかしたらお茶に入れられた妙な薬が効いてきたのかもしれない。

どうしたと言われても、コスプレクラブに軟禁《なんきん》されているだけだ。家には小さな赤ん坊がいて、妻が一人で子育てをしているのに、ハメを外し過ぎたせいだ。

そうだ。悪いのは自分だ。父親として夫として、酔った勢いでも言ってはいけないことがある。それがたとえ本音だとしても、飲み込まなければいけない。

飲み込めない自分が、嫌だ。

「僕だって、家に帰りたくないなんて、言いたくないんですよ」

「そうですか」

医者はにっこりと笑った。

「猫、習いましょうか。千歳さん、猫持ってきて」

光太郎は訝《いぶか》った。怪しげな薬のせいで聞き違いしたのだろうか。猫を習おうと言われた。だが医者の呼びかけにカーテンは開かない。なんの動きもなかった。「あれ。変やな」医者は立ち上がると、カーテンの隙間から向こうを覗《のぞ》いた。「ありゃりゃ。またたび茶飲んで、寝てしもてはるわ。ほんまにうちの看護師さんはお茶目やな」

そしてまた椅子に座って腕組みをすると、クンクンと鼻を鳴らせて匂いを嗅いだ。

「うーん、ええ匂いや。あかん。僕もちょっと酔ってきたから、猫間違いしそうですわ。今日は、やめときましょか」

解放してもらえるのか。光太郎は一瞬喜んだが、そうではなかった。

「そやけどわざわざ来てもらったのに、なんにもせえへんままお帰りいただくのは申し訳ありませんね。こうなったら僕が教えましょうか。大丈夫、本物とはちょっと違うけど、僕も上手ですよ。医者なんでね。では、いきますよ」

「え？　何？」

「吸って吐いて。吸って吐いて」

突然、医者は大きな声で深呼吸を始めた。胸を膨《ふく》らませ、肩を上げて、吸って吐いてを繰り返している。光太郎は唖然《あぜん》とした。

「ほら、堂島さんも。真似してくださいよ」

「え？　ぼ、僕もやるんですか」

「当然ですよ。言いたくないことがあるんでしょう。猫習わんと、治りませんよ」

医者は真剣だ。さっきよりも大きく胸を膨らませている。まるで鳩のように胸筋がせり出す。

「ほら！　吸って、吐いて、吸って、吐いて。繰り返して！」

「す、吸って、吐いて、吸って、吐いて」

「吸って、吐いて、吸って、吐いて」

「吸って、吐いて」

酔いが残っているせいで息が苦しい。咽《む》せそうになりながら、必死で医者のあとを追って深呼吸をする。医者が元気すぎる。何をさせられているのかさっぱりわからない。

「さあ、いきますよ！　吸って吸って吸って、ニャー！」

「ニャ、ニャー！」

「うまいですよ！　もう一回！」

医者の目が輝いている。また、胸を膨らませた。吸って吐いてを繰り返し、何度も謎の鳴き声を上げる。

助けて、誰か。

光太郎は涙目になってきた。大声で鳴きながら、心の中で妻と子に詫びる。

　飲みに行けなくてもいい。毎晩寝不足でも、理不尽に叱られようとも、こんな奇行をさせられるぐらいなら我慢しよう。いずれ紬は成長して、楽になる。それが一年先か二年先かは、わからない。だが堪《た》えるのだ。それが親の役目だ。

みんなそうやって、親になっていくのだ。

医者は揚々《ようよう》と笑いながら、テンポを上げていく。

「ほら、頑張って！　ニャーが浅いですよ。もっと豊かに！」

「ゆ、豊か？」

「猫を感じるんです。猫の深さと毛深さを」

深さと毛深さの違いがわからない。だがそれを問う暇もなく、医者を真似て何度も大声を出す。猫の鳴き声というよりはただの雄叫《おたけ》びだ。

「うまいですよ。初心者とは思えませんね。さては習ったことあるんとちゃいますか？」

「ま、まさか。はは」

どこで習えるというのだ。だが褒められて悪い気はしない。

鳴くたびに医者は「もっと、もっと！」と発破をかける。うまいのは医者の乗せ方だ。光太郎はどんどん奮《ふる》い立ち、ニャーニャーと叫んだ。

気が付けば汗だくだ。天井を仰ぐと、全力を出し切った爽快感で自然と笑みが浮かぶ。肩で息をする光太郎に、医者は頷《うなず》いている。

「なかなかやりますね。そやけど、完璧にはほど遠い」

「こんなに頑張ったのに？」

光太郎は思わず食い下がった。自分では限界まで猫に寄せたつもりだ。だが医者は首を横に振る。

「一度や二度で、猫は習い終りませんよ。なんといっても毛深い……奥深いですからね。どうします？　通院しはりますか？」

通院。どうやらここはコスプレクラブではない。もっと怪しく、謎めいている。それでも光太郎は決意した。こんな中途半端では終われない。何より、汗と共に全身から澱《よど》んだものが流れ落ちていった気がする。

これが猫。猫を習うということか。

「習い事、ですか」と、林田は怪訝《けげん》そうに言った。

営業訪問を終え、日時報告も事務処理も手早く済ませて、光太郎はほぼ定時ダッシュで職場から出ようとしていた。だが表情に嬉しさが溢《あふ》れていたらしい。隣の席の林田にどこかに行くのかと聞かれ、つい言ってしまった。林田は呆《あき》れている。

「家に小さいお子さんがいるのに習い事って。奥さん、怒らはりませんか?」

「そら、言うたら怒るやろな。激怒や」

光太郎は笑った。だがその笑いは自嘲や自虐《じぎゃく》ではなく、本心からだ。もし真里香に『中京こころのびょういん』で猫を習っている姿を見られたら、激怒を越して逆鱗《げきりん》に触れる。

いや、仰天《ぎょうてん》か。もしくは愕然《がくぜん》か。

「それってほんまに習い事なんですか? なんかいやらしいやつとちゃいます?」

林田はニヤつきながら、それでも小声で聞いてきた。周りに聞かれれば非難されるとわかっているのだ。

光太郎も今の立場で会社帰りに習い事など、理解されるとは思っていない。なので、真里香にはもちろん、周りにも言っていない。

それに言ったとしても信じてもらえないだろう。

「変なやつちゃうよ。ただの発声練習やねん」

「歌ですか?」

「歌というか……。でもまあ、歌かな。ボイスや。ボイストレーニング。いいストレス発散になるねん」

「なるほど」と、林田は納得したようだ。「確かにストレス発散になるなら、飲みに行くよりは健康的ですね。いつから行ってはるんですか?」

林田の質問には笑うだけにして、会社を出た。習い始めは二週間前、久々に飲みに行った金曜の夜からだ。あの夜、偶然迷い込んだコスプレクラブは『中京こころのびょういん』というメンタルクリニックだった。とても変わった病院で、医者と看護師の二人だけしかいない。毎回患者はおらず、治療費もなしだ。

もしかしたら最後に莫大《ばくだい》な金額を請求されるかもしれないと、少し怪しんでいる。それでも猫を習ったあとのスッキリ感はやみつきだ。

初回と二回目で、ニャーはかなり上達した。そこはかとないプーも教えてもらった。三回目はニャーではなく、シャーだった。大口を開け、歯を剝《む》き出し、両手で爪を表現する。そして全力でのシャーだ。何度、叫んだだろう。顎《あご》が痛くなり、頰は強張《こわば》り、喉はカラカラだ。

狭い診察室で医者と至近距離で叫び合うと、まるで本物の猫になった気がする。鼻頭を目いっぱいよせるので、家に帰ったあとも皺《しわ》が残っている。それぐらい思い切り叫ぶ。

今日が四回目だ。病院へ入ると、看護師が受付に座っていた。チラリと目を上げてくる。

「堂島さん、中へどうぞ。先生がお待ちです」

涼やかな色白美人なのに、愛想のない対応だ。最初に光太郎が酔って絡んだせいで、すっかり嫌われてしまったらしい。診察室に入ると、医者がいた。薄く微笑んでいる。

「ああ、堂島さん。だいぶええですね。言いたくないことは、言わんでよくなってきてるでしょう」

「はい。嫁さんは相変わらず僕に八つ当たりしますけど、それも軽く流せます」

「そうですか。上々ですね。今日はかなり上級編です。頑張って習ってくださいよ」

「はい！」

光太郎は拳《こぶし》を握って身構えた。

カラオケや高笑いもストレス発散だ。ジョギングやジムも、気分が晴れる。だが、大声で猫の鳴き真似。それもちょっとやそっとの真似ではない。全力で、思い切り叫ぶのだ。

こんなに気持ちいいとは。こんなメンタルケアがあったとは。

「さあ、吸って、吐いて」

「吸って！　吐いて！」

医者に続いて光太郎は大きく息を継いだ。

「吸って、吸って、大きく、アオーン！」

「アオーン！」

喉仏を反らせ、下あごを突き出し、大声で叫ぶ。舌が攣《つ》りそうになって、むせ返る。

咳き込む光太郎を見て、医者が笑っている。

「あきませんね。もっと、喉の奥を震わせてください。声を響かせるんです」

「は、はい」

「ええ声出そうとしなくていいんですよ。アオーンは、低く訴えるんです。でも最後のひと息で抜けていくような切なさを表現してください。アオーン！　アオーン！」

すごい、と光太郎は目を剝いた。医者はまるで本物の猫のように、低く訴えるアオーンを叫び続けている。負けるものかと、必死になって喉を震わせる。声がしゃがれて、カスカスになっても叫び続けた。

「ア、アオッ、アオオッ」

「あはは。カッサカサですやん。もう声が出ませんね。いやいや、堂島さんがあまりに熱心なんで、つい僕も熱が入り過ぎました」

「ええ……。ほんとに」

自分でもやりすぎたと唾を飲み込む。まるで全力疾走したように顔は上気して、息は弾んでいる。それぐらい、大きな声を出した。もう一度深呼吸をして、ようやく落ち着く。

「でも、すごく楽しかったです。本当にこの病院に通うようになってから、娘が泣いていても、自然と笑えるんです。以前の僕は、子供をあやしながら自分も泣きそうになっていました。泣き声がつらくて……。自分の子なのに」

「そうやって振り返ることができるなら、もう充分ですね。来週、もう一回だけ習いに来てください。それで猫は終わりにしましょう」

「えっ」びっくりして、思わず前のめりになる。「終わりなんですか？　でも僕はまだ、猫になれてないんですけど」

「ははは。堂島さんは猫になるのが目的とちゃいますよ。猫を習っただけです。ほら、本音が別のとこにあっても、家に帰りたくないとは言わなくなったでしょう。それは我慢したもんをここで吐き出してるからですよ」

　楽しかった気分が一変した。いきなりガツンと殴られたようだ。

　確かに家に帰りたくないとは言わなくなった。だが真里香は毎日怒り、紬は泣き続け、ゆっくり眠れない。そんな家に帰りたくないのは本音で、何も変わっていない。

ただ、我慢をしているだけ。

言い当てられたくない本心を突かれ、光太郎は動揺した。

「僕は別に……我慢なんかしてないです」

「あれ、そうなんですか？　それは失礼しました。そやけど、人間は言いたいことも言いたくないことも、飲み込む癖がありますからね。我慢したもんをゲボッてする時、大抵やりすぎるから怖いですわ」

「やりすぎる？」

「ええ。人も猫も不器用です。飲み込み続けたら、膨れる一方ですよ。おなかパンパンですわ」

医者は柔らかく微笑んでいるが、言った内容は光太郎を不安にさせた。

ここ最近、家の中の喧騒《けんそう》にも苛々しなくなってきた。だがそれは単にニャーやシャーで発散しているからだ。結局のところ、酒が猫に代わっただけではないだろうか。

一度覚えたストレス解消ができなくなったら？

自宅で大声を上げるのは無理だ。ただでさえ、泣き通しの紬に真里香は参っている。更に光太郎まで鳴き出せば、ノイローゼになるかもしれない。

「あの、もし僕が我慢しているとして」

「ええ。しているとして」医者はうんうんと頷く。「でも、せっかく覚えたニャーやシャーも、この病院以外ではできなくなったとして」

「プーやアオーンも？」

「そうです。プーとかアオーンもよそではできません。そうなったら僕はまた家に帰りたくないと、言ってしまうんでしょうか？」

すごく変な会話をしている。

だが大真面目だ。光太郎はもう家に帰りたくないと言いたくなかった。父親として、無責任すぎる。

神妙な光太郎をよそに、医者は明るく笑った。

「そら、もっとひどいことになるでしょ。我慢のあとの撒《ま》き散らしは、どえらいことになりますよ、大抵ね。でも大丈夫ですよ。堂島さんはプーもペーもとてもお上手です。我慢の限界が来る前に、ゲボッてしたらええんです。ははは」

ペーは習っていない。ゲボというのはなんだ。

「そろそろ予約の患者さんが来はりますので。お大事に」

終わりはいつもそれだ。

色々とおかしな病院だが、日常を忘れさせてくれる貴重な場所だった。それがあと一回の来院で終わってしまう。おまけに最後に謎のゲボがのしかかってきた。絶対に、よくないものだ。

光太郎は暗い面持ちで病院から出た。すると、隣の扉が勢いよく開いた。一番奥の部屋から男が飛び出してくる。

「おらあ！　捕まえたぞ！　現行犯や！」

派手なシャツを着たチンピラ風情の男だ。大きく開いた胸元から、分厚い銀色のネックレスが光っている。いきなり詰め寄られ、光太郎は壁際へ追い込まれた。

「な、なんですか？」

「なんですかやあらへん。あんた、この部屋でけったいな商売やってるやろう」

男は光太郎が今閉めたばかりの金属製のドアを指さした。興奮気味にまくし立てる。

「とぼけても無駄やぞ！　こないだからニャーニャーと猫の鳴き声がしとんねん！　このビルはな、生き物扱うの禁止なんじゃ。特にこの部屋は曰《いわ》く付きで、猫飼ったらバチが当たるんや」

「あの」

「やたら人の出入りがあるし、ドアに変な小細工しとるし、絶対胡散臭《うさんくさ》いわ。あんた、ここで猫飼ってるやろ。しかも一匹や二匹やない。何匹も声がしてるんを、俺はこの耳でちゃんと聞いたんやからな」

「あの、僕です」

「俺はな、別に正義の味方を気取るわけやない。そやけど日本の健康を守る男として、隣の悪行は見逃せへんのじゃ。正直に言え！」

「猫の声、僕です」

光太郎は内心はほくそ笑みながら、申し訳なさそうに言った。男は眉間《みけん》に皺を寄せ、まだこちらを威嚇《いかく》している。普段ならこんな怖そうな男に絡まれたら、震え上がるだろう。だが今は、嬉しい。

まさか、本物の猫に間違われていたとは。

「ニャーニャー言うてたん、僕なんです」

「はあ？　どういう意味や」

男の顔に困惑が混じる。日焼けした濃い顔立ちで、まだ三十半ばだろうか。向こうのほうが余程、胡散臭い。そういえば初めて病院に迷い込んだ夜も、奥の部屋ではないと医者は言っていた。どうやら隣人とはあまりうまくいっていないらしい。

だがそれも仕方ない。治療の一環とはいえ、あれだけ大声を出されたらうるさいだろう。しかもこの男は本物の猫だと勘違いしている。光太郎は苦笑いしながら頭を下げた。

「うるさくしてすみませんでした。ここ、変わった病院で、患者に猫の鳴き声を教えたはるんです。いいストレス発散になるんで、つい大声で鳴き続けてしまって」

「え……」男は顔を歪《ゆが》めた。「あんたの声やったんか？」

「はい。すいません。本物そっくりで」

「ず、ずっとか？　ずっと、あんたが鳴き真似してたんか？」

「ここしばらくは。でももしかしたら、他にも猫を習ってる人がいるかもしれません。予約患者がどうのって言ってましたから」

「猫を……習ってる？」強面《こわもて》がきょとんとしている。「じゃあ、ここには猫はおらへんのか？」

「はい。一匹も」

「なんじゃ、そりゃ……。そんなアホな……」

男はかなり混乱しているようだ。ブツブツ言いながら、奥の部屋へと引っ込んでいった。

光太郎は小さく声を出して笑った。正義の味方とか、日本の健康とか、随分と面白いことを言っていた。何より、本物の猫と間違われるほど本物らしかったとは。

猫を習うのはあと一回だが、ここまで本物に近付いたなら成し遂げたかもしれない。光太郎はビルから出た。電車に乗り、家へ着いたのは二十時前だ。普段の帰宅時間よりも早いくらいだ。

マンションの部屋の外まで、紬の泣き声が漏れ聞こえている。家に入ると、すさまじかった。奮闘《ふんとう》がわかる散らかりようだ。玄関には買い物袋が置いたまま。靴が散乱しているのはいつものことだ。居間には取り込んだ洗濯物の山、テーブルの上は離乳食が飛び散っている。

紬はベビーベッドの中で顔を真っ赤にして泣いている。むずかりや不機嫌ではなく、本気のぐずりだ。

「おー、よしよし、紬。パパ、帰ってきたで」

光太郎は手洗いを済ませると、紬を抱き上げた。興奮して汗だくの紬は、蒸《む》した肉まんのようにホカホカだ。抱いて揺らしても、更に大きな声で泣く。自分の声でむせ返っては、また泣く。

数日前なら、会社から帰ってすぐに紬を抱っこする気にはなれなかった。電車での移動時間があっても、一日会社で働いたあとはなかなか頭が切り換わらない。仕事のタスクは山盛りで、今日すべてが終わっても、明日は明日で、またやることがある。

そんな日々の中でも、父親なら、家に帰ってすぐに我が子を抱っこする。きっと誰もがやっている当然のことだ。必要なことだ。

今は、真里香が怒っていたのも無理ないと思う。光太郎はわざと、ダラダラ面倒臭そうに紬を抱っこしていた。疲れているのに、子供の世話をしてやっている。実際にそう思っていたから、態度にも出ていた。

真里香が奥の部屋から出てきた。ボサボサの髪にくたびれたスエットを着ている。

「おかえり」

「ただいま。ああ、メシ、なんでもええよ」

「……なんでも?」

「うん。紬は俺がみとくわ。ゆっくりでええしな」

「……ゆっくり?」

真里香はただ繰り返している。

光太郎は紬を揺らしながら居間を歩き回った。紬はまだ泣き止まない。マンションの隣人たちは心が広い。病院の隣の男は猫の声で飛び出してきた。

しかも偽猫。

「くくっ」

つい声が漏れる。こういう余裕が今まではなかった。紬も瞼が重くなってきたようだ。ウトウトとし始める。

「ムカつく」

低く、棘《とげ》のある声に振り向くと、真里香がこっちを睨んでいた。

「すごくムカつく。その、いかにも我慢してあげてますって笑顔がムカつく」

「え……」

光太郎はぽかんとした。歩くのをやめると、また紬がぐずった。

「あ、ごめん。紬」と、大きく揺らす。真里香はそんな光太郎を暗い目で睨んでいる。言われた内容にも、真里香の非難にも心当たりがない。

「どういう意味？　俺、別に我慢なんかしてへんよ」

「してるやん」と、真里香はつらそうに目を伏せた。「こないだまで、ずっとしかめ面で紬のこと抱っこしてたやん。急にニコニコして、おかしいやん。無理してるに決まってるもん」

「それは……」

「無理やん。だってつらいもん。つらいの我慢して、あやしてくれんでもええよ。我慢すんのは私の仕事やし。だって私、お母さんなんやから」

真里香は俯《うつむ》いた。涙がポロポロと零れる。

光太郎は茫然《ぼうぜん》とした。子供が生まれてから、真里香が怒るのは日常的だ。文句も連日だ。

だが、さめざめと泣いているのは初めてだ。

どうしてなのかわからない。今まで光太郎が面倒臭そうに世話をしてきた時には怒っていたのに、こうして穏やかな気持ちで紬を抱っこした途端に、真里香は泣き出した。

ニコニコしているのが、おかしい？

我慢するのが、母親の仕事？

揺らしも歩きもしなくても、もう紬は眠っていた。さっきまで真っ赤だった顔は安らかになり、天使のようだ。なんて可愛いんだろうと思いつつ、なぜこんなに可愛いのに、二人とも我慢をしているのだろうかと不思議に思う。見ているだけで幸せなのに。

二週間、あのメンタルクリニックへ通ったが、泣く妻に掛ける言葉すら思い付かない。どうやら何も解消できていない。習った猫も、効果はないようだ。

金曜日がやってきた。

光太郎がのろのろと後片付けをしていると、林田が話しかけてきた。

「堂島さん、今日もまたボイストレーニングなんでしょう。なんか、えらい暗い顔してますね」

「ああ……」

光太郎は無理やりに口の端を上げた。

結局、真里香が何を望んでいるかわからないまま、今日がラストニャー。最後の通院日だ。真里香が泣いたのはあの夜だけで、以降は同じようにブツブツ文句を言っている。

だが、自分では機嫌よく手助けしていたつもりなのに、それを否定された光太郎も、どうすればいいかわからない。ずっとしかめ面ならよかったのだろうか。それも納得できない。

つい、大きなため息をつくと、林田が笑った。

「やっぱり習い事なんかより、早く帰って赤ちゃんの顔が見たいんでしょう」

「はは。まあな」

歪《いびつ》に笑いながら、もう自分の本音がどこにあるのかわからなくなっている。

今日で終わりだから、あの病院へ行きたくないのか、それとも病院に行ったあと、家に帰るのが嫌なのか。

猫の鳴き声でストレスを発散したって、家で妻に泣かれては意味がない。それなら、もう病院に行くのはやめようか。ニャーの連呼は清々《すがすが》しかった。思い出しただけで顔がほころぶ。だが夫婦なら片方だけが楽になるべきではないのかもしれない。

「それもなんだかなあ」

無意識に呟き、自嘲する。林田が首を傾げた。

「どうしたんですか？」

「いや。やっぱり、家に帰りたくないわ」

「え……」と、林田は若干引いている。「やめてくださいよ。なんか怖いですって」

「正直になるわ。これが本音や。嫁さんは疲れすぎて意味不明やし、子供は泣き止まへん。俺はもうどうしていいんかわからへん。でも、我慢せなあかんねん。オヤジになったんやからな。親になったなら、どっちも我慢せなあかんねん」

そうだ。光太郎は唇を噛んで頷いた。

きっと我慢が足りなかったんだ。だから真里香は泣いたのだ。

林田が不安そうに見ているが、気にしない。独身の彼にはまだわからないのだ。子供のために堪える時期だ。我慢の時期なのだ。

「無理やろ。我慢とかできるレベルちゃうで」

突然、二人の間に入ってきたのは阿部だ。フフンと鼻で笑っている。

「堂ちゃんとこの子、まだ半年やろ」

「七か月です」光太郎は答えた。

「今からそんな真剣に悩んでどうすんねん。これからもっと手がかかるようになるぞ。うちなんか、まだ夫婦どっちともが毎日走り回ってるで」

「阿部さんとこは二人もいるし、年子やから大変ですよ。うちは一人やし、嫁さんは家にいてるし、恵まれてるほうですよ。それでも家の中、ひっくり返ってますけどね。なんでもええ言うてんのに、メシ作ってもらえへん日もあるし」

するとと林田が眉をひそめた。

「メシも作ってもらえへんのですか？　疲れて帰ってきて、それは悲しいですね」

「そやろ？」林田に賛同されて、光太郎は少し嬉しい。だが阿部は深々とため息をついた。

「堂ちゃん、地雷踏んだな。なんでもええとか、一番言うたらあかんやつや」

「え？　なんでですか」と、光太郎と林田は声を合わせた。

「ほんまになんでもよかったら、自分で作ったらええねん。買ってくるとか、外で食べてくるとかな。嫁さんが今一番考えたくないのはな、旦那のメシや。俺も最初の子供の時、よくキレられたわ。子供の世話で手いっぱいの時に、大の大人がメシとか言うなってな」

光太郎はギクリとした。思い当たる節が多すぎる。自分では気遣いしていたつもりだが、こうやって人から言われると、真里香の負担は減っていない。

「我慢なんかせんとけ。子供が小さいうちは、我慢してどうにかなるもんやない。大人でもつらい時はつらいんや。堂ちゃんも嫁さんも、子供と一緒になって泣いたらいいねん。俺んとこなんて、我慢できなくてほんまに泣いてたで。俺も嫁さんも声上げてワーってな」

「めっちゃ近所迷惑ですやん」林田は更に眉を寄せる。「大人が泣くほど？」

「ええねん。どうせいつも子供の声でうるさいんやから、ちょっとくらい大人が泣いてもバレへん。それに俺んとこは、また家族増えるしな」

「えっ！」

光太郎と林田は同時に声を上げた。阿部はニヤニヤしている。

「あ、三人目とちゃうで。土曜日に、猫の譲渡会《じょうとかい》に行ってくるんや。俺も嫁さんも猫好きやから、前から飼いたかってん」

「猫……」

光太郎は呟いた。つい鳴きそうになってしまうが、グッと堪《こら》える。

「譲渡会ですか？」

「ああ。でも保護猫は、小さい子供がいたら譲渡してくれへんとこが多いんや。そやけど京都府の都《みやこ》の家《いえ》っていうセンターは、子供がいても条件次第でお迎えオッケーなんや。うちの下の子と同じ保育園に行ってる子が、そこで猫を引き取ったたっていうから、俺らも行ってみようと思ってな」

「保護猫と捨て猫って、何が違うんですか?」

林田が尋ねると、阿部が得意げに言った。

「捨て猫とか迷い猫からの、保護猫や。他にも色んな経緯があるけどな。小さすぎる猫は手がかかって大変やから、できたら大人の猫がええんやけど、それなら保護猫にしようかと思ってな。まあ見に行っても、いいご縁がないかもしれんけど。でも楽しみや」

阿部は嬉しそうに笑っている。

光太郎は心底すごいと思った。しみじみと言う。

「お子さんが二人いて、猫まで飼うなんて、めちゃくちゃすごいじゃないですか」

「そうや。めちゃくちゃや。でもええねん。めちゃくちゃついでに、猫飼うねん。堂ちゃんも開き直ったらどうや? ご近所も、子供の泣き声にだいぶ慣れてきた頃やろ。猫が一匹増えても文句言われへんやろ」

「えっ」

驚いた。まさか、猫を勧められるとは考えてもみなかった。

――猫を、飼う?

光太郎は目を瞬《また》いた。慌ただしい毎日の中で、猫を飼うなんて発想はまったくなかった。この二週間、あんなに猫の鳴き真似で癒されていたのに思い付きもしなかった。

猫を、飼う。

それは、可能なのか。

突然、本物の猫のイメージが降ってくる。だがリアルではない。どこかで見た画像がぼんやり頭に浮かぶだけだ。今まで実物の猫を間近で見た覚えがない。見ていたとしても、留《と》めていなかった。

妙に心をざわつかせたまま会社から出た。中京こころのびょういんのドアを開けると、看護師がチラとだけ目を上げてくる。

「堂島さん、今日で診察は終わりですね。先生が中でお待ちです」

この女性、本当に祇園界隈にいそうな和風美人だ。だがやはり態度が冷ややかだ。酔って絡んだのをまだ根に持っているようだ。最後くらいにっこり笑ってくれてもいいのにと思っていると、きつく睨まれた。

「何か？」

「い、いいえ」

慌てて診察室へ入ると、医者のほうは薄笑いで待っていた。

「今日が最後になりますよ。今日はとっておきのナーオを習いましょう。つらいことは我慢して、本音は飲み込んでください。家に帰りたくなくても、それを言葉にしない代わりに鳴き声で吐き出しましょう。さあ、いいですか？ ナーオは長く鳴きますんで、思い切り息を吸って」

「あの」

光太郎は医者の話を遮った。医者は首を傾げた。

「はい。何か？」

「あの、僕は……」

膝の上で拳を握る。とっておきのナーオ。気持ちいいだろう。

だが、我慢をする。本音を飲み込む。言葉にしない。

それらは全部違う気がする。そうやって誤魔化した笑顔は、笑顔ではない。

「僕、我慢すんのやめようと思います。ここでストレス発散しても、結局またすぐに本音が出てしまうんです。家に帰りたくないのは僕の本音です。子供は可愛いし、手伝いもしたい。嫁さんにも機嫌よくいてほしいし、怒られるのは嫌や。ニャーとかシャーじゃなく、これが僕の本音の言葉なんです」

随分と勝手だ。無責任だ。

それでもニャーやシャーよりも余程しっくりくる。情けないが、これが本心だった。

「ほう」

感心したような声に顔を上げると、医者は明るく笑っていた。

「すごいですね。本音の垂れ流しですね。砂もかけずに、なんちゅうワイルドな人や」

「垂れ流しというか……、え、砂？」

「しかし、本音もしたまんまやと、結構臭いがしますからね。奥さんも子供さんも、クサってなるかもしれません。臭い本音ね……。そうですね、ではそうならへんために、ご家庭内でできる簡単なニャーを教えますわ。大丈夫です。大きな声は出しません。堂島さんに必要なのは、サイレントニャーです」

「サ……」

光太郎は眉間を寄せた。

「あの、もう一回、言ってください」

「サイレントニャーです」

医者は真面目な顔で深く頷いている。

「猫はただのきっかけですよ。本音も本心も、どう変わるかはあなた次第です。もしかしたら臭いままかもしれません。でも、早く家に帰って、もっと色んなことを共有したいと思えるようになるかもしれませんね。心からそう言えるまで、本気で鳴きましょう。ただしサイレントで」

まったく意味不明だ。

だが、この病院で意味の理解できることはひとつもない。酔って迷い込んだ夜からずっと、フワフワと夢の中にいるようだ。どこかで見た柔らかくフワフワしたもの。ぼんやりしたイメージだけが浮かんでくる。

それはまだはっきりとはしない。

「わかりました。やります、サイレントニャー。教えてください」

光太郎が真剣な顔になると、医者はニヤリと、悪戯《いたずら》好きの子供のように笑った。

今夜もマンションの部屋の外まで、紬の泣き声が漏れ聞こえている。

中に入るといつもと同じく、散らかった状態だ。テーブルの上には朝食の皿がそのまま置いてある。床に転がったオモチャを踏みそうになって、慌てた。

そして、笑った。紬はまだまだ手がかかるだろう。阿部の言う通り、我慢でどうにかできるものではないのだ。

ベビーベッドで泣いている紬を抱っこして、また居間をウロウロする。優しく揺らしても、小さな全身を振り絞って紬は泣き続ける。それはさっき光太郎が習ったばかりのサイレントニャーに似ていた。大口を開け、歯を剝き出し、体を震わせる。本気でカラ叫びするので顔は真っ赤だ。

そうか。あれは紬だ。毎日紬がやっていることだ。

一日中、仕事をするのも疲れる。一日中、子守りも大変だ。だが一番疲れて大変なのは、全力で泣いている赤ん坊かもしれない。

「紬は天才やな。パパは三回くらいでしんどくなったわ」

揺らしながら、大泣きする紬の頭に顔を寄せて匂いを嗅ぐ。汗臭さに顔がほころぶ。

「……おかえり」

暗い顔で真里香が立っている。起き抜けなのか目がしっかり開いていない。

「ごめん。ご飯できてへん」と、ポロポロ泣き出した。

そんな真里香を見て、妻こそが相当我慢していたのだなと思う。もっと早くに、一緒に泣いてやればよかった。光太郎は今、大人の泣き方を知っている。

「なあ、真里香。俺、今日、会社の先輩にいいこと教えてもらってん。我慢せんと、一緒になって泣いたらいいんやって。だから紬と一緒に泣こう。俺も一緒に泣くから」

光太郎はぐずって反《そ》り返る紬をベビーベッドに寝かせた。

真っ赤な顔。よだれと涙でぐちゃぐちゃだ。これだけ大声で泣けば、さぞ気持ちいいだろう。

どうせやるならこの熱量で。

光太郎は手指を鈎状《かぎ》にして、思い切り息を吸い込んだ。

そして声を出さずに、全力で叫んだ。全身全霊のサイレントニャーだ。

紬の頭に顔を寄せ、息を吸い込む。そしてまた叫ぶ。

肺いっぱいの空気。今できる本気の本音だ。大人だってつらい。父親だってつらい。母親もつらい。だから我慢はやめて、大声で泣く。何度もそうしているうちに、紬はぱっちり目を開けて、指しゃぶりをしていた。

「あはは。こっちが鳴いたら、泣き止んだで」

振り向くと、真里香はぽかんとしていた。

「光太郎さん、何やってんの？」

「サイレントニャーや。真里香もやってみ」

そしてまた、ニャーと声に出さずに猫の鳴き真似をする。真里香はフルフルと首を振った。

「嫌やわ。何それ」

「猫の鳴き真似や。我慢せんと、泣く時はもっと本気で泣いたほうがいいんや。でも三人で泣いたらさすがに近所迷惑やしな。だから、こうやってカラ鳴きしたらええって教えてもらったんや」

「会社の先輩に？」と、真里香は半信半疑だ。

六角《ろっかく》か蛸薬師《たこやくし》辺りの変わった病院で教わった。

そう言うのは、やめておいた。無意識にメンタルクリニックへ吸い寄せられたと知れば、妻の不安が増すだろう。しかも治療らしい治療は一切なく、ただ猫を習っただけだ。

「まあな。ほら、真里香もやるで」

「嫌やわ、そんな変なやつ」

「ニャー！　あ、しまった。ニャー言うたらあかんわ」

勢いあまって声が出た。真里香が噴《ふ》き出す。

「やめてよ、変な人みたいやん」

「ええねん。家では何やっても。パパはもう我慢せえへんぞ。プーもペーも、やるからな」

「何それ」と、真里香は笑い出した。「光太郎さん、疲れすぎておかしなってる」

「おかしくてもいいねん。ほら、真里香も。ニャー！　プー！　ペー！」

「やめて、やめて」

真里香はおなかを抱えて笑い出す。紬がベビーベッドで仰向《あおむ》けになりながら、手を伸ばしてきた。娘も笑っている。

光太郎は笑う二人に向かって、シャーとアオーンをしてみせた。すでにサイレントではないが、笑ってくれるならなんでもいい。あの病院で習った猫は全部使える。

すごい病院だ。いい病院だ。行ってよかった。見つけられてよかった。

鳴きながら、笑いながら、目が熱くなった。


適当な居酒屋を探しながら蛸薬師通を歩く最中、林田が話しかけてきた。

「あれ、堂島さん。参加していいんですか?」

「ああ。月イチやったらええって、嫁さんの許可が出てん」

なんの集まりでもなく、金曜日の帰りに一杯引っかけようというだけだ。それでも嬉しくて足取りが軽い。前に飲みに行った時には、酔って変な病院に迷い込んでしまったものだ。今、歩いているのは逆方向だ。

「それでも月イチかあ」と、林田は夜空に向かってため息をついている。「僕はそういうのまだ無理やなあ。会社帰りに飲みに行くのに、奥さんの許可がいるなんて」

「言っとくけど、その許可のために俺は次の日の朝から晩まで、ずっと家のことせなあかんねんで」

「えっ、メシとかですか?」

「当然や。洗濯も掃除も、買いモンもや」

光太郎は得意になって口元を上げた。偉そうに言ったが、明日の朝起きられるか、実のところ怪しい。

だが最近、真里香の機嫌は前よりもいい。あのサイレントニャーで大笑いした日から、お互い何かが吹っ切れた。激しめの感情は猫の鳴き声で表現している。そうすれば、段々と笑えてくるのだ。

集まりの中には阿部もいる。光太郎と林田の話に入ってきた。

「何を偉そうに言うてるねん、堂ちゃん。そういう特別感を出すから、嫁さんはカチンとくるんや。休みやからとか、飲んで帰ったからとか、そんなん関係ないねん。やって当然。毎日やるねん」

「そう言う阿部さんはガンガン飲み会に参加してはるけど、毎日できるんですか」

光太郎は半分呆れた。阿部はしょっちゅう飲んで帰っている。これで家の手伝いもできていれば、たいしたものだ。

「当然や。飲んで、仕事して、家のこともやるねん。だから俺んちはめちゃくちゃやけどな。ははは」

阿部はまだ飲んでいないのに、陽気に高笑いしている。どこまで本当なのかさっぱりわからない。光太郎が家事や育児を日常の一部とするには、もっと我慢と努力が必要だ。だがそれは続かないので猫に助けてもらう。サイレントニャーや、時には声を出しての猫真似が、娘との時間に笑顔をくれる。

そういえば、阿部が言っていた保護猫の件を思い出した。

「阿部さん、前に保護猫センターに行くって言うてたの、どうなったんですか？」

「それ、僕も気になってました」と林田も言った。

「ああ、あれな。家族で見に行ったわ。結構大きなセンターで、人もたくさん来てたで」

「猫、飼ったんですか？」

林田は興味があるようだ。阿部は珍しく気まずそうに苦笑いした。

「それがな、トライアルいうやつで十日くらい預かってん。二匹な」

光太郎は驚いた。

「二匹？　いきなり二匹も飼ったんですか？」

「どっちも一人暮らしの若い兄ちゃんが飼ってた猫で、病気して飼われへんようになったんやけど、別々にさせへん条件やってん。俺も二匹はちょっとなと思ったんやけど、うちのチビがどうしてもって言うから引き取ったんや。でもな」

阿部は肩を竦《すく》めた。

「二匹ともすごい警戒してしもて、チビに向かってシャーばっかりするんや。それでやっぱり無理かなってセンターに戻してん」

「え……」

光太郎は声を詰《つ》まらせた。

保護センターの規則は知らない。恐らく守った上での行動だろう。それでも戸惑いを感じる。

だが阿部の顔を見ると、彼は笑っている。

「でも、戻したあとに変な気持ちになってな。なんちゅうか、間違ってたような気がしてきてさ。あの猫、これからどうなるんやろう。貰い手あるかなとか思えてきてさ。一回引き取ってしまったら、もう知らん猫じゃないねんな。嫁さんも同じようなこと言うし、結局、先週またセンター行ってきてん。おらんかったらそれも縁やと思ったけど、おってさ。そんでまた、トライアル中やねん」

光太郎と林田は互いに顔を見合わせた。阿部はニヤニヤしている。

「センターにボランティアのオバちゃんがいてな、かなり嫌味言われたわ。二回も捨てられる子の気持ちがどうのこうのって。そやけど、無理って言うのもなかなか勇気いってんで。もう一回行くのも、だいぶ悩んだしな。でも戻しに行ったからこそ、余計にしっかりせなって思ったわ。まあ、そういうことで、うちには今、走り回るチビが二人と、シャーばっかりする猫が二匹いるんや」

そう言って阿部はまた軽快に笑う。林田は少し呆れている。

「めっちゃ、大変ですやん」

「そや。大変や。でも元々大変やし、ちょっとくらい増えてもええねん。なあ、堂ちゃん」

阿部が笑いかけてくる。光太郎は頷いた。

「そうですね」

「そや、そや。なんとかなるねん。家の中は常にグチャグチャや。楽しいぞ。林田も、はよ結婚したくなったやろ」

「はあ」と、林田は微妙な返事だ。「結婚はあんまり興味ないんですけど、猫は興味あったんですよね。そうか。病気したら飼えへんようになるかもしれませんよね。一人暮らしやとそういうこともあるんか」

「それも知ってたら準備できるやんか。なんでも、バーンでやってみたらええんや」

「バーンてなんですか」

先を行く二人に続きながら光太郎は思った。色んな出会い方があるのだ。事情も考え方も、それぞれ。タイミングや縁も、図れるものではない。光太郎も真里香も、今は紬の世話が手いっぱいで、他に目を向ける余裕はない。だがしょっちゅう鳴き声を真似しているせいか、たまに本当に猫がいるような気がする。不思議だ。ほとんど触れたこともないのに存在だけを感じる。

その影響か、隙間時間で猫の動画を見ている。実際の鳴き声を聞いて、あの医者の鳴き方はかなり上手なのだと知った。声や仕草がまるで本物だ。きっと、猫を飼っているのだ。そして同化してしまうくらい、とても大事にしているのだ。

でなければ、あんなに上手くは鳴けない。光太郎があそこまで上達するには、更なる訓練が必要だ。もっと紬にニャーをして笑ってもらおう。

そしていつか、考えてみたい。本当に本物の猫を飼うことができるか。

でも今は、阿部が迎えた二匹が、どうか阿部の家族と仲良くなれますようにと願うだけだ。それが今の、光太郎と猫の距離だ。

『日本健康第一安全協会』の社長、椎名《しいな》彬《あきら》は、隣室との壁に耳を押し当てていた。最近は仕事が一段落するごとに何か物音がしないかと、こうして聞き耳を立てている。

だが、聞こえるのはモーター音や、下の階のドアの開け閉めなどだ。不審な音はしない。

無意識に首回りの磁気ネックレスを撫でる。もしかしたらこの磁気パワーを感じ取って、怪し気なものは動きを潜《ひそ》めているのかもしれない。

インターフォンが鳴って、清掃員の女性が入ってきた。週に一度の室内掃除だ。中京ビルジングではフロア清掃が賃貸の契約に含まれている。

とはいっても、たいしたことはしない。各部屋の床掃除、あとはゴミ捨て程度だ。それも、以前は希望者のみだったが、例のブリーダー事件があってから必須の条件になったらしい。

清掃員は毎度同じ中高年の女性だ。もう顔見知りで、互いに慣れたものだ。掃除中は業務用の掃除機がうるさいので、椎名は出かけることにした。

「おばちゃん。俺、メシ行ってくるわ。適当にやっといて。机の上はいじらんでええし」

「はいはい。じゃあ、今日は窓拭いときましょか」

清掃員はビルの正面側にある窓を開けた。

雲のかかった薄青の空が見える。この部屋でガラス越しではない空を見たのは久しぶりだ。各階、奥の部屋にだけこの位置に窓がある。真下にあるのは麩屋町《ふやちょう》通だ。特に眺めがいいわけではないし、五階という高さもあってほとんど閉めっぱなしだ。

ビルの北側にも窓があり、こっちのほうが大きい。隣のビルがここより低いので、陽はよく入る。だが開けることはほぼない。人が立てるほどもないエアコンの室外機置き場は、金属製で錆びてボロボロだ。前の借主が置いていった鉢植えが隅っこに放置してある。狭くて泥棒すら登れない。

——そう。泥棒には登れない。

部屋を出ようとした椎名は、ふと清掃員に話しかけた。

「なあ、おばちゃん。隣の部屋って誰もおらんやんな？」

「隣はカラですわ。入っても、すぐに出ていかはるさかい」

「そうやんな……」

無人なのは、何度も確認した。だがついこの前も、サラリーマン風の男が出入りしていたのをこの目で見た。しかも、そいつが猫の鳴き声を真似していたという。

もしかしたらこのビルの持ち主の井岡《いおか》が、秘密の扮装クラブでも経営しているのだろうか。井岡は金持ちで、祇園で羽振りよく遊んでいる。以前、最高級の磁気ネックレスも買ってくれた。今まで感じていた猫の気配が人によるものなら、心霊云々《うんぬん》と怯《おび》えていたのが馬鹿みたいだ。

わけがわからない。ムカムカしながら部屋を出ようとして、もう一度清掃員に声をかけた。他室の事情なら清掃員のほうが詳しいはずだ。

「なあ、おばちゃん。このフロア……、いや、このビルで猫の声って聞いたことあるか?」

「猫?　さあ、聞いたことないですね。裏には動物病院があるみたいやけど」

もう掃除を始めたいらしく、清掃員は返事もそこそこに、掃除機のスイッチを入れた。だが、すぐにスイッチを切った。

「あ、でもあれって、猫の毛やったんかも」

「ね、猫の毛?」

椎名はギクリとして固まった。清掃員は頷いている。

「なんかの動物の抜け毛が、隅っこのほうで固まってたんですわ。埃《ほこり》でもないし、なんやろうと思ってたんやけど、あれは猫の毛やったんやわ。黒い毛がちょっとだけですけどね」

「そ、それはどこにあったんや?」

「ここ」と清掃員は自分の足元を指さした。「この部屋にフワフワと落ちてましたわ。多分、風で舞い込んできたんでしょうね」

そして、掃除機をかけ始める。

椎名は愕然として、その場から動けなかった。

第三話

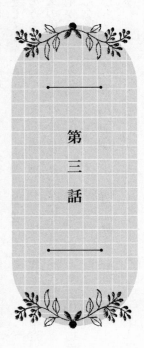

小野寺織恵《おのでらおりえ》は、地下鉄の京都市役所前駅《きょうとしやくしょまええき》で電車を降りた。市役所に直結する駅だ。地下道のショッピングモールには雑貨屋や食料品店、本屋など、ひととおりの店が並んでいる。華やかさはないが、地元民の買い物の場といった感じだ。

今日は地下街の広場でイベントが行われていて、子供の絵の展示、数軒だが手作り市としてお菓子やアクセサリーの個人店が並んでいる。

そのうちの一店舗で、友人が編み物とパッチワーク作品を販売中だ。織恵は店舗ブースの内側に入った。友人は色とりどりの布を合わせた派手なスカート。織恵は髪の毛が濃いピンク色。格好は互いに奇抜だが、二人ともいたって真面目だ。

「どんな感じ?」

朝からブースにいる友人に尋ねると、彼女は微苦笑を零《こぼ》した。

「全然。手にするどころか、立ち止まりもしてくれへんわ。期待してたんやけどな」

友人はどことなく元気がない。織恵はわざと明るく笑い返した。

「しゃあないね。だって今日はあっちがメインやもん」

目線をイベント会場の壇上に向ける。どこかの中学の吹奏楽部が準備をしている最中だ。

集客は充分だ。壇の前のパイプ椅子はほぼ満席だし、小学生が描いた絵を展示したボードも、家族連れでにぎわっている。このイベントは学生の発表の場なので、出店はおまけのようなものだ。

　それでも、精魂《せいこん》こめて作った自分の作品が誰の目にも留まらないのは悲しい。同じクリエイターとして、友人の落胆はよくわかる。織恵は明るく言った。

「ゆっくりご飯食べてきて。お店は私が見てるし。もし、すごい行列できて、どうしようもなかったら電話するわ」

「はは。まあ、ありえへんけどね。でも、そしたら走って帰ってくるわ」

　友人は笑うとブースから出ていった。

　織恵は荷物の中から自分の告知パネルとショップカードを出すと、長机の隅っこに置いた。こうやって、創作仲間と協力し合うのはよくあることだ。ブースのシェアや休憩時の店番、制作の手伝いなどもする。

　バイト代が出ることもあるが、今回は無償だ。代わりに告知を置かせてもらっている。織恵は似顔絵をメインに請《う》けるイラストレーターだ。可愛らしくデフォルメした人物画で、依頼の内容によって、制作時間や金額はまちまちだ。即席なら色鉛筆を使い、ネットでの注文なら水彩やデジタルも請ける。自分がイベントに出店する時にはオリジナルのキャラクターを使った雑貨販売もしている。今日は店番なので、対面の似顔絵だけだ。

広場に人は多いが、誰もが素通りしていく。だがそれも慣れている。ハンドメイド販売のフェアやフリーマーケットの出店で集客力があるのは極一部だけだ。多くが見向きもしてもらえない。友人のパッチワークは凝った素晴らしい物だが、その分、材料費と工数がかさみ、値段は既成品の数倍する。売れることは稀《まれ》で、参加料や費用を差し引けばおそらく赤字だろう。

織恵はブース内から中学生の演奏を眺めていた。時々音が外れるが、懸命さが伝わってくる。顔がほころび、体がリズムに揺れる。

何かに夢中になるのは楽しい。織恵はもう三十歳で、世間的にはそろそろ落ち着く年齢だ。だが、中学の頃に夢見ていたイラストレーターになれたのだ。専業で食べていけなくても、満足だ。

「あの、すんまへん」

演奏に見入っていたので、視界に人がいることに気付かなかった。日本髪に結った着物姿の女性が二人だ。一人は若く、まだ二十歳そこそこだろう。白塗りの化粧はしていないが、前髪と両側を盛り上げた島田髷《しまだまげ》は本物の芸者だ。着物は普段着らしく、明るいピンク地だ。

もう一人は五十代か、もっと上かもしれない。こちらは置屋《おきや》の女将《おかみ》さんといった感じだ。

「これって、写真を見せるのでもええんでしょうか？」

島田を結った若い女性が尋ねてきた。彼女の目線は、長机の端に置いた小さなパネルに向けられている。他府県の人は京都のあちこちに芸者がいると思いがちだが、実際は滅多に見ることがない。織恵は内心ドキドキしながら、にこやかに答えた。

「色紙似顔絵ですね。はい。スマホの写真でも大丈夫ですよ」

「何分くらいかかりますやろ」

「二十分程度です。人数が増えると、その分、追加になります」

「おかあさん。お座敷《ざしき》までまだ時間あるし、描いてもろてええ？」

島田を結った女性が可愛らしく言うと、年配の女性は困ったように笑った。

「あんたはもう。いつまで経っても子供みたいなんやから。ええよ、好きにし」

「おおきに。そんなら、うちと、おかあさんと」

「うちもかいな」と、年配の女性は目を丸くしている。「うちはええわ。ゆり葉《は》ちゃんだけ描いてもらい」

「ええやん。一緒に描いてもらお。おねえさん。うちとおかあさんと、あと、この子も」

ゆり葉と呼ばれた若い女性がスマホを差し出した。画面に映っているのは人ではない。明るい薄茶色をした猫だ。顔が楕円形《だえんけい》で、折れ曲がった耳が小さく張り付いている。猫っぽいおはぎといってもいいようなフォルムだ。

あまりの可愛らしさに織恵は微笑《ほほえ》んだ。ペットと一緒に、もしくはペットのみという依頼はよくある。ほとんどが犬猫だが、過去には馬や蛇も頼まれたことがあり、大抵の動物は描写できる。

「この子、可愛いですやろ？　ミミ太《た》いうんです。スコティッシュフォールドいうて、耳がペチョってなってるんです。これね、おリボンみたいやけど耳なんですえ」

ゆり葉は次々とスマホの画像をスクロールしていく。別の芸者に抱かれている猫の全身写真があったので、実寸はだいたいわかった。だが人の顔と並べて描くなら、実物大では猫が小さくなりすぎる。織恵は画像を見ながら頭の中でイメージを作った。今いる二人の顔と猫を同じ比率で、色紙に三等分しよう。この猫はほぼ楕円形だ。猫の丸みに人間のほうを合わせていこう。

ゆり葉と女将にはパイプ椅子に座ってもらい、正面からじっくり臨む。猫の写真はゆり葉に選んでもらったものをスマホから自分のタブレット端末に表示する。ペットを描く場合、人間よりも難しい。飼い主目線でわかる彼らの違いは、初見では把握《はあく》できない。

だから特徴が大事だ。ちょっとだけ混じった白い毛や、ブチ模様。色味もできるだけ再現する。口角はいつも、少し大袈裟《おおげさ》に上げる。それで笑っているような表情を作れる。写真がキバを剝《む》いていても、そのまま描かない。織恵には怒りの表情に見えても、飼い主にはそれすら可愛いのだ。

描いている最中、ゆり葉は女将と喋っている。

「おかあさん、うちもこのおねえさんみたいに髪の毛ピンクにしたいわ」

「何言うてんの、あんたは。祇園《ぎおん》の芸妓がピンクの頭してたら、お客さんびっくりしはるやないの」

「でも、どうせカツラかぶるんやもん。ほんまもんの髪がピンクでも、わからへんのとちゃう？」

「それやったら、普段用のカツラを好きな色にしたらよろしいがな。お座敷用とちごたら、何色でもかましまへんで」

「いや、ほんまやわ。カツラやったら、どんな色もできるわ。さすが、おかあさんやわ」

くすぐったくなるような京言葉の後ろから、吹奏楽の演奏が聞こえる。可愛らしい芸妓に、優しい女将さん。

つい音符が描きたくなるほど鉛筆がよく乗る。描いていて、気持ちがいい。

ゆり葉の着物は明るいピンクで、女将は若草色だ。実物より少し明るい色にして、華やかさを加える。猫のミミ太も写真より少し明るめの黄色味を付け足した。毛艶がよく見えて、可愛らしさが増す。小さく折れた耳はリボンのようにわざと端に尖りをつける。

名前も入れてほしいと頼まれたので、しず江《え》、ゆり葉、ミミ太と、丸い文字で描いた。

「こんな感じでいかがでしょうか」

「わあ、ミミ太、可愛いわあ」

「いやあ、かなんわ。うち、えらい若くおへんか?」

ゆり葉と女将は色紙を見てはしゃいでいる。二人とも嬉しそうだ。

似顔絵を描いている時から感じていたが、周りからかなり注目されている。花街の女性が二人もいれば目立つのだ。こっそりスマホを向けている人もいる。まるで人気のあるブースみたいだ。織恵は思い付いた。

「ミミ太君がすごく可愛く描けたので、この色紙、私のSNSにアップさしてもらってもいいでしょうか。お名前の部分は消しますんで」

するとゆり葉は嬉しそうに笑った。

「もちろんかましまへんよ。名前も載してもろてええですよ。ミミ太って、可愛い名前ですやろ？　うちらが付けたんとちゃいますけど」

ゆり葉は愛猫がそこにいるような目で色紙を見ている。きっと実際に猫を見る目もこんなふうなのだろう。

動物や子供に向ける目には、愛情が籠《こも》っている。それをうまく表現すれば、ただの似顔絵でもこちらに笑いかけているように見える。色紙のゆり葉の瞳も煌《きら》めいていて、我ながら上手く描けたと思う。

次に繋がる期待を込めてショップカードを手渡す。ゆり葉は笑顔で受け取ってくれた。

「ピンクのおねえさんは、いつもここにいてはるんですか？」

「いいえ。今日は催事の店番なんです。普段はそのカードの連絡先にご注文いただくか、バイトしてる喫茶店でもお受けしてます。よかったら、私のホームページ見てください。スケジュールとか載せてますんで。ミミ太君の色紙も、アップしますね」

「おおきに。楽しみにしてます」

ゆり葉は嬉しそうに微笑んだ。こんなに愛嬌《あいきょう》のある芸妓ならきっと人気者だろう。京都で暮らしながらも、花街には縁もゆかりもない。大半の人はそうだ。だがこうやって人と接していると、知り合いが増え、そこから派生して仕事を貰えることもある。

二人がブースを離れると遠巻きに見ていた人もほとんどいなくなったが、数人は商品を見に来てくれた。会計を済ませたところに、友人が戻ってきた。

「もしかしてなんか売れた？」

「クッションカバーと編みぐるみのウサギちゃんが白黒セットで売れたよ」

「すごい！　ありがとう」

友人はとても喜んでいた。売り子の側も、物が売れてくれるとホッとする。店番の責任もあるが、純粋に喜びを共感できるのだ。織恵は友人と交代でブースから出た。また地下鉄に乗ると、東山《ひがしやま》駅で降りる。

地上に出て少し歩くと、神宮道《じんぐうみち》の奥にバスが数台通れるほどの巨大な鳥居が見えてきた。目が覚めるような鮮やかな朱色の向こうに、緑の瓦屋根の平安神宮がある。

近辺には大型の美術館が立ち並び、その周りのギャラリーのひとつに織恵は入った。小さな貸しギャラリーだ。客は誰もいない。入ってすぐの一番目を引く場所に、緑色に霞《かす》んだ深山《みやま》の風景画が飾られている。大判ポスターほどの大きさの水彩画で、プレートには『東山区ふるさと大賞受賞』と書かれてある。

とても情緒がある絵だ。好みだし、評価されるべき物だと素直に感じる。

「織恵ちゃん」

声を掛けられた。振り向くと、朝倉美津《あさくらみつ》がいる。ここで会えると思っていた。

「みっちゃん」

「来てくれたんや。ありがとう。嬉しい」

美津の笑顔には喜びが溢《あふ》れている。二人は美術大学の同級生で、共に絵画を専攻していた。会うのは五、六年ぶりだが、美津は学生の頃と同じく純朴な雰囲気のまだ。

「織恵ちゃん、髪の毛の色、すごく可愛い。やっぱりお洒落《しゃれ》やね」

「あはは、もう三十やのに、いつまで経っても落ち着きないやろ？　みっちゃんは全然変わらへんね。ハガキありがとう。すごいやん」

「すごくないよ。大したことない賞やからどうしようか迷ったんやけど、一生に一回のことかもしれへんし、お知らせしてみてん」

「大したことなくないよ。すごいことやん」

織恵は本当にそう思った。

美津が描いた風景画をもう一度真正面から捉える。山々を描いた絵だ。濃淡のある緑色が美しい。斬新《ざんしん》ではないが、正統派で、趣《おもむ》きがある。

受賞を知らせるハガキが届いた時、織恵は嬉しかった。美津は卒業後、日本画の絵師としてコンクールへ出展したり、グループで個展を開いたりと、地道な活動を続けている。一方、織恵はデザイン会社で数年働き、仕事のノウハウを覚えると独立した。今は、クリエイターとして個人でイラストや雑貨の請負と販売をしている。

だがそれだけではとても成り立たない。アルバイトの収入を素材購入に充《あ》て、マイナスを補う日々だ。美津も、こうして称賛《しょうさん》されるまでは苦労したはずだ。

だから嬉しかった。

「めっちゃいい絵やな。ほんまにそう思うわ。私、こういう色、大好き」

絵を見ながら、心からそう思った。アニメや可愛いイラストが好きな織恵だが、ジャンルは違ってもすべての美術関連には興味がある。元々専攻は絵画だ。濃淡の緑色を見ると、こういう色味を自分の作品にも使ってみたいと思う。

「織恵ちゃんは、今、何してんの？」

美津の問いかけに一瞬だが肩が強張《こわば》った。だが、すぐに答えた。

「ネットとイベントで、似顔絵描いてる。あとは雑貨のデザインとか。さっきも友達のイベントの売り子やっててん」

「そうなんや。ずっと活動してるんやね。織恵ちゃんの描くキャラクター、可愛くて、私大好きやったもん。絶対に売れっ子になると思ってたよ」

「売れっ子には……まだまだ遠いかな」笑ったはずが、妙に頰《ほお》が引きつる。「バイトもしてるよ。掛け持ちで何個も」

「私もやで。夜に、工場で検品してる。全然絵だけじゃ食べていかれへんもん」

でも、これからはしなくてよくなるんじゃない？

ふと、心の中で呟《つぶや》く。そんな自分に驚いた。

作品創作だけで食べていくには、相当な人気作家になるか、企業に属するしかない。今回の受賞で美津の名前にどれだけ箔《はく》が付くのかわからないが、すぐに絵だけでやっていけるほど現実は甘くない。

「織恵ちゃんはまだ美大の友達と会ってる？　私、最近連絡してなくて、今回の案内も織恵ちゃんにしか出してないねん。なんとなく言いづらくて」

美津は少し寂しそうだ。引っ込み思案なところも変わっていない。

美大には色んなタイプの子がいた。とんでもなく個性的な子や、周りと打ち解けない子、美津のように真面目で堅実な子。織恵は楽観的な夢見るタイプで、行動派だ。友達も多い。

「会ってるっていうか、梅《うめ》ちゃんと詠美《えいみ》ちゃんとはルームシェアしてるよ」

「そうなんや。いいな、楽しそう」

同級生の名前を聞いて、美津は羨《うらや》ましそうだ。あまり社交的ではない美津は、受賞した今もバイトと創作に明け暮れる日々だろう。織恵も忙しいが、仕事もプライベートも分けずに楽しんでいる。人付き合いが少なそうな美津が、少し可哀想に感じた。

「……うちに遊びに来る？」

「えっ、いいの？」美津の顔がパッと明るくなった。「うん。行きたい。梅ちゃんと詠美ちゃんにも会いたいわ」

「そっか。じゃあ、また連絡するわ。みっちゃんのほうが忙しいやろうから、そのうちにね」

自分から言い出したのに、なぜか嬉しそうな美津を直視できない。目を逸《そ》らした先には、彼女が描いた絵がある。

深い緑の山々。シンプルだが美しい。織恵には、こんな絵は描けない。技量の問題ではない。ジャンルが違うのだから比べるほうがおかしい。わかっているのに、なぜか胸が痛んだ。

「織恵。あんたの顔、だいぶやばいよ」

同居人の梅香《うめか》が言った。

自覚はある。織恵は鬱々《うつうつ》した顔で頷《うなず》いた。

「わかってる」

「わかってるんやったら、なんとかせんと。もう十日くらい、ちゃんとご飯食べてへんのちゃう？　痩せたし……」

「ダイエットしてるねん」

「ちゃうやろ。美津の展示会に行ってからやろ」

ズバリ言い当てられ、織恵は顔を逸《そ》らせた。今日は一日中、共用部の居間のソファで横臥《おうが》している。クッションを頭から被ったり、抱き締めてもがいたりと、まるで落ち着きがない。いい加減、梅香も見かねたのだろう。

「……展示会なんてほどのもんじゃなかったよ。小さいギャラリーやったもん。あれぐらいの規模やったら、私かって」

言っているうちに、情けなくて涙が滲《にじ》んできた。横になっているので、すぐに目じりから零れる。

「ほら、だいぶやばいんやって」と、梅香は無理やりソファの端に割り込んできた。「配達のバイト、休んでるんやろ。ネットの依頼は？」

「喫茶店にはちゃんと行ってるもん。代わりがいないから、来てくれっていうし。ネットは、しばらくお休みするって告知してる。どうせ依頼こないよ」

「再来月にはフリマに一人参加するんやろ。結構な量、出品いるで。その用意も進んでへんやろ」

「わかってること全部言わんといて」

織恵はクッションに顔を押し付けて、涙を隠した。隠せていないのはわかっている。

この3LDKのマンションは同じ美大の同級生の織恵と梅香、詠美の三人が共同で借りている。実家で暮らしていた時は、イベントや即売会へ出かけるたびに親の視線が痛かった。せっかく美大を卒業したのに、やっていることは金にならない似顔絵描きだ。親からすれば、遊んでいるように見えたのだろう。

今はルームシェアでも自立することができて気が楽だ。同居している二人も生活環境が似ていて、アルバイトで生計を立てながら、クリエイターとして創作活動を続けている。

梅香はガラス作品の講師をしながら、ステンドグラスで制作した小物を販売。詠美は工芸品だ。最近は流木や河原の小石でオブジェを作っている。同級生の多くは、普通の会社員になったか、結婚して家庭に入っている。安定はしているが、学生の頃に見ていた夢とは違う道を進んでいる。自分たちは美術に携《たずさ》わりながら暮らしているほうだ。

目線はブレていない。それは織恵も、そして先日展示会で会った美津もだ。

「織恵が暗いと、かなんわ。なんも言わへんけど、詠美も心配してるよ。これ、こっそり送ってきた」

クッションから顔を上げると、すぐそこに梅香のスマホがある。画面の文字を見て、鼻をすすった。

「京都市中京区《なかぎょうく》……麩屋町《ふやちょう》通上ル六角《ろっかく》通西入ル富小路《とみのこうじ》通下ル蛸薬師《たこやくし》通東入ル。変な住所やね」

「はっきりせえへんけど、ここらへんにあるんやって。詠美も人から教えてもらったらしいよ。メンタルクリニック。行ってみたら？　うちらみたいなことしてると、一回ドツボにハマったらなかなか抜け出せへんで。元々ちゃんとしたもん持ってへんからな」

「そんなことないよ。夢があるやん」

「夢はドツボから出れる梯子《はしご》とちゃうで。摑めへんやろ」

「梅ちゃんのほうが、メンタルクリニックの人みたいや。梅ちゃんに話聞いてもらおうかな」

　織恵はソファに座り直した。梅香は同い年だが、しっかりしていて、共同生活ではリーダー的存在だ。だが梅香は首を振った。

「私も、人の成功を喜んであげられる立場とちゃうねん。きっと織恵と同じこと考えてるから、二人で悪口言うて、自分を貶《おとし》めて、あとで嫌な気分になるだけや」

「梅ちゃん」

「詠美も同じや。だから、いつも能天気でお気楽な織恵には、能天気でいてもらわへんかったらバランスが狂うねん。メンタルの先生に全部ぶちまけて、すっきりしてきたら？」

「なんか、すでに半分くらい悪口やったような」

「ほんまのことは、悪口ちゃうし」

梅香はそう言うと、自分の個室へと消えていった。織恵はクッションを手放した。ともすれば、方向を見失いそうになる。

みんな同じなのだ。


心療系の病院へ来たのは初めてだ。だが構えて挑んだわりには、あっさり診察室に通された。

中にいるのは同年代の男性だ。優しそうな顔立ちにはこれといって特徴がなく、絵に起こすのは難しそうだ。さっきの看護師のほうが描きやすい。彼女は涼し気な目元に、高い鼻。モデルを頼みたいくらいだった。

「こんにちは。うちの病院は初めてですね。うちのことは、どこから聞かはりましたか？」

医者に優しく尋ねられ、織恵はハッとした。人の顔に特徴を探すのは悪いクセだ。

「友達から聞きました」

「そうですか。新患さんはお断りしてるんですけど、ご紹介ということやし特別ですよ」

医者がにっこり笑う。

笑うと人懐こさが増して、可愛い。初対面だが安心させてくれる人だと思った。

「お名前と年齢を」

「小野寺織恵、三十歳です」

「今日はどうしはりましたか」

ここへ来る前に何を言うか考えてきた。食欲がなくて、元気もなくて、やる気もない。

でもきっかけはわかっていて、原因も、自分の狭量《きょうりょう》さと嫉妬心《しっとしん》だと知っている。

じゃあ解決方法は？

安定した職を見つける？　将来性のあるジャンルに転向する？　それともひたすらに量をこなしていけば、いつか称賛される日が来るのだろうか。

ほしいのは、誉め言葉？　具体的に賞をもらうこと？

医者の質問に答える前に、頭の中で自問自答が渦を巻く。相談事すらまとまらないのだ。自分でも嫌になる。

「もう、どこを見ていいかわからへんくて」

「そうですか」

医者が答えた。パソコンのキーボードを打つ。

「猫を処方します。視点が定まらへんのは、小野寺さんの周りの人もちょっと燻《くすぶ》ってるからですわ。こういう場合は、最初からなんにでも効くプロの猫に頼りましょうか。小野寺さんは、落とし物を拾ったら届けるタイプですか？　それともネコババするタイプですか？」

「は？」

「ちなみにネコババっていうのは、猫がフンをしたあとに興奮して猛ダッシュしたり、テンション爆上がりで暴れたりすることです。落とし物を拾ったら嬉しいですもんね。ネコババしたくなりますよね」

医者はニコニコしている。

織恵は固まった。何の質問だろうか。さっぱりわからない。

だが、ネコババはしない。意味はともかく、ネコババはしない。

「拾ったら……届けるタイプです」

「あ、そっち派ですか。なるほどね。じゃあ、プロの猫の中でも、プロ中のプロにしましょか。千歳《ちとせ》さん、猫持ってきて」

背後の白いカーテンに向かって言うと、看護師が入ってきた。手にはプラスチック製のキャリーケースを持っている。

「ニケ先生。プロの子はほんまやったら指名料いるんですけど」

「あれ、そうでしたっけ？　あはは。でもネコババしない小野寺さんに免じて、ツケといてください。そのうちまとめて払いますんで」

「踏み倒し禁止ですよ」

看護師はツンケンしている。キャリーケースを机の上に置いて出ていった。

ネコババとか踏み倒しとか、診察室に相応《ふさわ》しくない単語が飛び交っている。織恵は落ち着かなかった。心療内科に来たのに不安になるとは、どういうことだろう。

医者は不穏な会話などなかったように笑って、ケースをくるりと回した。網目部分がこちらを向いて、フワリと空気の揺れを感じる。

風？

まるで風にそよぐように、白いフワフワの被毛《ひもう》が浮いている。ケースの中にいるのは長毛の猫だ。

「か、可愛い」

「そうでしょう」と医者は得意げだ。「指名料、いるだけのことあるでしょ」

意味はわからないが、猫の可愛らしさは驚くほどだ。被毛の繊細さもすごいが、顔立ちもまた、整い過ぎている。目尻が少し吊り上がった木の葉形。鼻筋は真っ白。耳の縁が焦げ茶色。

色紙に描いたことのある猫種だ。確か、ラグドール。

「この猫を十日間処方いたします。処方箋《しょほうせん》をお出ししますんで、受付でいるもんをもらってください。この猫は依存度が高いんで、服用中は面白い症状が出るかもしれませんが、問題ありません。周りの人にもあらかじめ、そう言うといてください。副反応は体が頑張ってる証拠なんでね。うまいこと付き合っていきましょう。では、そろそろ」

「え？」

「ああ。部屋の外に予約の患者さんがいてたら、入るように言うてあげてください。僕が待ってる患者さんは、落とし物を拾ったのに、届けることもネコババする

 こともできんと、一人で悩んではるんですわ。大丈夫ですよ。小野寺さんは届けはるタイプなんでね。お大事に」

医者の顔は優しい。だが、どことなく他人事のようだ。人の顔をたくさん描いてきたからこそ、わかる。心の内側には様々な感情があるのに、それを表に出さずに笑ったり怒ったりできるタイプ。

だから何を考えているか全然わからない。

この人、描きにくい。

医者は人当たりの良い笑顔で織恵にキャリーケースを押し付けてきた。ケースは重く、何よりも猫入りだ。簡単に引き受けられるものではない。だが奇妙な圧力に逆らえず、診察室から出る。

ドアのすぐ外には一人掛けのソファがあるが、誰もいない。

「小野寺さん」と、受付から手招きされた。さっきのツンケンした看護師だ。処方箋と引き換えに紙袋を渡される。

「こちら、支給品になります。説明書が入ってますから、よく読んどいてください」

中身は、餌やトイレなど、猫の飼育に使う物のようだ。ようやく本当に猫を処方されてしまったのだと理解した。

「あの、私、猫を飼ったことがないんで、どうお世話していいのかわからないんですけど」

「わからへんことがあったら、先生に聞いてください。お大事に」

看護師の返事はにべもない。感情のない顔で、別の事務処理をしている。

この女性、さっきは描きやすそうだと思ったが逆だ。笑った顔が想像できず、簡単には描けそうもない。どういう口元になるのか。目は柔らかくなるのか、それとも細くなるのか。

ルームシェアしているマンションはペット可だが、このまま猫を持ち帰っても困るのは明らかだ。説明書に細かく世話の仕方が載っているのかと思ったが、入っているのは紙一枚だけだ。

『名称・タンジェリン。メス、四歳、ラグドール。食事、朝と夜に適量。水、常時。排泄《はいせつ》処理、適時。基本的には放置して問題ありません。大人しく飼いやすいですが、感情が見えにくいので、よく観察が必要です。ブラッシングは必ず毎日行ってください。長毛種に適したブラシを使用してください。以上』

読んで、首を捻《ひね》った。なんの説明にもなっていない。

これでは駄目だと、もう一度看護師に尋ねる。

「あの、他にもっと詳しい説明書は」

「わからへんことは先生に聞いてください」

看護師は目も上げない。完全に締め出している。織恵は困って、紙袋の中を探った。なんとなくの知識しかないが、必要な物は揃《そろ》っているようだ。

「あれ？」

「お大事に」

「長毛種のブラシが」

「お大事に。はい？」と、看護師の眉間《みけん》に皺《しわ》がよる。

「説明書には長毛種に適したブラシって書いてあるんですけど、入ってへんから、こっちで買ったらええんですか？　百均のブラシでもええんかな」

ハンドメイド作品の素材調達に百円均一を謳う小売店は欠かせない。大量仕入れなら卸《おろし》業者だが、数個だけなら百均に走る。クオリティはともかく大抵の物は揃う。

看護師は眉間の皺を深めた。せっかく美人なのに、ひどく厳《いか》めしい。

「ちょっとお待ちください」

受付の小窓から姿を消すと、少しして戻ってきた時には、横長の取っ手付ブラシを持っていた。

「これはその猫が毎日使ってるもんです。猫をお返しの際には、忘れんと持ってきてくださいね」

小さなデッキブラシのような形だ。まだ新しいようだが、白く細い猫の毛が何本も絡まっている。誰かがついさっき猫の毛を梳《す》いたばかり、といった感じだ。

この病院、どういう構造になっているのだろうか。猫のトリミングも併設しているのだろうか。不可解さに首を傾げる織恵に、看護師はまたつっけんどんに言った。

「お大事に」

ケースの網目越しに見ていても、ラグドールのタンジェリンは全身に空気の流れをまとっていた。マンションに帰り、部屋に出すと、そのフワフワ感は神々しいほどだ。毛量は多く先が細いので、輪郭が霞《かす》んでいる。

「この猫、後光が差してはるで」

梅香は半ば唖然《あぜん》としている。織恵も同じ意見だ。

毛色は真っ白ではなく、耳の縁、目から額にかけてココア色だ。そして尻尾。猫の尻尾は細長いイメージだったが、タンジェリンの尻尾はフサフサだ。まるでリスのように膨《ふく》らんでいる。

マンションに連れ帰ったあと、病院での経緯を説明すると、梅香は渋い顔をしたものの信じてくれた。

「まさか心療内科から猫を預かってくるとはね。しかも、お釈迦様《しゃかさま》的ニャンコとは」

「うん。あきらかに光が見えるよね」

二人は遠巻きにタンジェリンを眺めている。タンジェリンはケースから出ると少しだけ居間を歩き回ったが、すぐにソファの前にちょこんと座り、じっとしている。揺れているのはフサフサの尻尾だけだ。

この治療、視覚効果がすごい。

「私も心療系初めてやったから、びっくりしたよ。ほら、猫って癒されるっていうから、きっと一般的な治療方法なんやって。用具も一式込みやもん」

「一般的か？」と、目線はタンジェリンを追いながら、梅香は首を傾げている。

「織恵の能天気が戻ってきたみたいやな」

「あ、餌に近寄った」

ネットで調べて、餌と水、トイレを用意した。タンジェリンは餌入れに近寄ると、ゆっくりと一口、二口だけドライフードをカリコリと食べた。だがすぐにまた座って、じっとしている。揺れているのは尻尾だけだ。

織恵は囁《ささや》いた。

「小食でいらっしゃる……」

「お気に召さへんかったんかな？」

「病院でもらった入れモンがあかんのかも。安物臭いやん」

「あんた執事やろ。陶器の皿とか買ってきたほうがええんちゃう」

「誰が執事やねん。陶器って、アフタヌーンティーとかで使うやつ？　高いやん」

「百均でそれっぽいのあるって」

タンジェリンの上品さにつられてコソコソと話していると、もう一人の同居人の詠美が帰ってきた。

「あかん、最悪や。共同で展示会する子が体調不良で出品できひんようになった。急ぎで大物追加せんとスペースがガラ空きや」

詠美は勢いよくソファに座った。振動でクッションが弾《はず》む。

だがタンジェリンはちょっと顔を上げただけだ。

「うわ、この羊毛フェルトの猫、めちゃくちゃ精巧《せいこう》やな。誰が作ったん？　しかも動いてるやん。バッテリー？　すごいな、最近の羊毛フェルトは」

タンジェリンが短くニャアと鳴いた。

「しかも声まで出るやん。これ、どっちが作ったん？　制作が間に合わへんかったら、この子を連れていこうかな。とりあえずは、私の次の展示用のやつを前倒しにして、出品するしか」

タンジェリンは立ち上がると、水入れに近寄った。静かで、浮いているような足取りだ。詠美は目を見張っている。

「え？　本物なん？」

「そやで」と、織恵はどうやってタンジェリンが水を飲んでいるのか見たくて、床に這いつくばった。「ぬいぐるみみたいやろ。詠美ちゃんが教えてくれた中京区の病院から預かってん。めちゃ大人しいよ。プロの猫やねんて」

「プロっていう種類？」

「ちゃう。ラグドール」

「わけわからん。ほんまの猫やん。うちの実家で昔、猫飼ってたけど、なんか違うで」

「詠美ちゃん、猫飼ったことあるんや」

織恵はホッとした。猫飼いの経験者がいるとわかって心強い。

だが詠美は怪訝《けげん》そうだ。

「実家の猫、野良猫やったんが家に居ついたから、あんまり慣れてへんかったし。この猫、ポワポワやん。実家の子はもっとシャッとして、シュッとして、ダダダって感じやったで」

「全部、擬音語や」と、梅香も低い姿勢からタンジェリンを眺めている。「さわったら、嫌がるかな？」

「そら嫌がるよ。シャーされるで」

「マジで？　噛む？」

「噛みはせえへんと思うけど、シャーされるって」

「なんなん、シャーて。執事、ちょっとだけ首のフワフワってなってるとこ、さわらしてもらい」

「私かい」と、織恵は軽くのけ反《ぞ》った。

「だって織恵が預かった猫やん。大丈夫。首のとこ、めっちゃ毛ポワポワやし、さわっても気付かれへんって」

「絶対気付くし。気付かれないわけがないし」

三人は小声で喋りながら、じわじわと距離を詰める。タンジェリンは行儀よく座ったまま、やはり尻尾だけを揺らしている。

織恵は噛まれる覚悟で、そっと手を伸ばした。タンジェリンは頭と体に境目がなく、首があるであろう辺りは白いマフラーを何重にも巻いているようだ。どこをさわっていいかわからないが、指先は一番盛り上がっている首回りの部分に吸い込まれていく。

指に温かい空気が当たった。

空気？　いや違う。微《かす》かに感触はある。

猫の毛？　だが何もない。

「やばい！　手が！　届かん！　はまる！」

「意味わからん」

「何もない！　全部毛や！」

「語彙力がひどい」

どんどん深くに指が埋もれていく。タンジェリンの首回りの毛深さは見た目以上だ。織恵はシャーされても構わないと、タンジェリンを両手で抱き上げた。

「意外と重い！」

毛足が長すぎて、どこを持てば安定するのかわからない。両手で抱えるように持つと、嫌がるどころか、全身から力を抜いてダラリと垂れ下がった。寝ている子供を抱いているようだ。

「すごいな、その猫。抱っこされるの全然平気みたい」

詠美は懐かしそうな目でタンジェリンを見ている。実家の猫を思い出しているのだろうか。

「詠美ちゃん、梅ちゃん、さわる？」

「うん。さわる、さわる」

「私も、私も」

織恵の膝の上に乗せたタンジェリンを囲んで、みんなで優しく撫でる。

こんなにも猫が人懐こくて、可愛いとは。詠美が調べると、ラグドールという猫種は穏やかな性格の子が多いらしく、見た目の美しさと飼いやすさで人気だという。今まで依頼されるまま何度も猫を描いてきた。可愛らしくデフォルメして、笑っているように口角を上げた。

違う。笑うのはこっちだ。勝手に口角が上がる。

見た目の愛らしさだけではない。絵や写真では伝えられない、しっかりとした重み。どこまでも沈む長い毛の奥には熱がある。

タンジェリンの重さと温かさを感じながら、ふと、自分に描けるだろうかと疑問に思った。

猫がまとう空気。光りに透ける毛の柔らかさ。これはスランプ以前の問題だ。見るだけで笑みを与えてくれる感覚を描くのは、技術ではない。何が必要なのか、今の織恵にはわからなかった。

織恵がアルバイトをしている喫茶店は古い。老舗《しにせ》の純喫茶といえばそうだが、お洒落なノスタルジック感はなく、本当に古いだけの店だ。手書きのメニュー表は変色し、誰かのサインが壁に飾られている。客のほとんどは近所の常連で、たまに一見《いちげん》客がふらりと入ってきても、店を見回して、ここは違うといったふうに帰っていく。

なので、暇だ。客がいない時にイラストや雑貨作りができるのでとても助かっている。

おまけに喫茶店のマスターの好意で、似顔絵の即時受けもさせてくれている。といっても、レジ横に小さく告知パネルを置いているだけで、頼んでくる客は稀《まれ》だ。今まで描いたのは常連客の孫や娘夫婦の結婚式のイラスト、近所の子供の似顔絵くらいだ。

ドアベルが鈍い音で鳴った。豆額用のイラストを描いていた織恵は、手を止めた。

「いらっしゃいませ」

女性客だ。藤色の着物を着て、髪をまとめている。飾り気のない、それでいてキチンとした装いは一目で玄人《くろうと》だとわかる。女性が軽く店内を見回したので、当てが外れて出ていくだろうと思った。だが女性はレジ横の小さなパネルに目を止めると、優しく織恵に尋ねてきた。

「すんまへん。これ、お願いしてもよろしいですやろか」

「え？　似顔絵ですか？」

「へえ」女性は涼やかに微笑んだ。「ホームページ見たら、ネットのほうはお休みしてはるて書いてあったんですけど、近くまで来たさかい、こっちに寄せてもろたんです。やってはりますやろか？」

「はい。どうぞ」

　織恵は女性を窓際の席へと案内した。似顔絵を依頼するためにわざわざ喫茶店まで来てくれる人は珍しい。嬉しくて、胸が躍る。女性はコーヒーを注文した。マスターが淹《い》れている間、色紙と色鉛筆のセットを用意する。

　女性は窓からの淡い光を受けている。木枠の窓とガラス、古いテーブルも味があって、和服姿にぴったりだ。あまりにも情緒《じょうちょ》のある構図なので、変形させた似顔絵ではなく全体の人物画としてスケッチしたくなる。

　頭の中で、完成した絵画をギャラリーの壁に掲《かか》げてみた。金色の銘板が光っている。どうせ受賞するなら、名のある賞がいい。

「前に妹が描いてもろたみたいに、写真でお願いしたんですけど、いいですやろか？」

　女性の問いかけにハッとした。

馬鹿みたいな妄想だ。織恵は慌てて笑顔を作った。

「はい。妹さんですか。前の絵は、どんな感じでしたか?」

「これです」と、女性がスマホで見せたのは、織恵のホームページにアップした色紙だ。三つの顔。島田髷のゆり葉と、女将のしず江、楕円形の顔をした猫のミミ太。

「妹さん、ミミ太君の飼い主なんですか?」

「へえ。妹いうても、妹分ですけど。うちは同じ置屋で芸妓してるあび野《の》いいます。ゆり葉ちゃんが描いてもろたミミ太の絵が可愛らしいから、うちもお願いしたいんです」

「それでここまで……。ありがとうございます」

ネットの依頼を自分都合で休止していたことが悔やまれる。

コーヒーが運ばれてきた。砂糖を入れてスプーンで掻き回すあび野の仕草はたおやかで、すべてが絵になる。切れ長の目に高い鼻。華美ではないが、気品ある美しさだ。

「……あれ?　あび野さんって」

「へえ?　なんですやろ」

涼しげなその顔に、見覚えがある。あの病院。中京区の路地にあるあの変なメンタルクリニックの看護師にそっくりだ。同一人物と見間違えそうになるほど、似ている。

だが、違う。目の前にいるあび野は描ける。控《ひか》えめな微笑みは、もっと口元を綻《ほころ》ばせて、頬を薄紅色にして艶出しすれば、にこやかに笑っている絵に仕上げられる。

「いいえ。なんでもありません。ミミ太君のお写真はありますか?」

「ぎょうさんあります」と、あび野はスマホの画像を見せてきた。全身から顔のアップまで、何枚も保存されている。

「ミミ太君、撮られ上手ですね。目線がバッチリです」

おはぎ似のミミ太は、キッズモデルのようにあざとくカメラ目線をして、被写体として要望に応えている。それは、マンションにいるタンジェリンも同じだ。

ミミ太の目は黄土色で、タンジェリンの目は灰がかった水色だ。画像でも、猫の瞳は宝石のように美しい。

「猫ってめちゃくちゃ可愛いですよね。今、うちでも猫を預かってるんですけど、家中で取り合いなんです」

「あら、そうなんですね。わかりますわ。うちでもミミ太、取り合いですもん」

あび野はクスクス笑っている。落ち着いた装いなので年上かと思ったが、まだ二

若いが憂《うれ》いがあって、色気もある。
画としてスケッチしたい。織恵は一瞬、思い耽《ふけ》った。私だって大学
を学んだのだ。あのまま正統な道へ進んでいたら、今ごろは美津の
ていたかもしれない。色紙ではなく、キャンバスに描いていたか
い妄想だった。織恵は陰《かげ》った目でスマホのミミ太を見つめた。わ
来てくれたのだ。あび野が満足するように描かなくてはいけない。
「ミミ太君と、あび野さん、二人の顔が並ぶイラストでいいでしょうか？」
「ミミ太と、あと」
あび野は別の写真をスマホの画面に出した。
「この子なんですけど」
それは三色の毛をした猫だ。白地に、黒と赤茶色の斑《まだら》模様。顔は茶色と黒のハチ割れで、白い鼻筋がツンとしている。細身なせいか高飛車に見える。
「綺麗な猫ですね。三毛猫ですか？」
「へえ。千歳《ちとせ》いうんです。もうそばにいてへんのですけど、この子も一緒に描いてもろてええでしょうか」
「はい。もちろんです」

そばにいないということは、亡くなってしまった猫なのだろうか。

そのことには触れず、何枚かスマホの写真をめくってもらう。千歳という三毛猫の画像は二年ほど前のものばかりだ。

だが困ったことに、写真はたくさんあるのにどれも目線が外れている。カメラに顔を向けていても目は明らかに違うほうを見ている。

「正面のお顔は……ないですね」

「そうなんです」と、あび野は申し訳なさそうだ。「この子、写真に撮られる時、いっつも違うとこ見るんです。普段はじいっと覗《のぞ》き込んでくるくせに、ほんま天《あまの》邪鬼《じゃく》な性格で。真っ直ぐの写真がなかったら、あきませんか?」

「いいえ、大丈夫です。何枚かピックアップして、うまくこっちを見ているように描きますね。首輪はどれがいいですか？　色違いがいくつかありますけど」

「赤いのが。赤の首輪が一番似合ってたんです」

そう言って笑ったあび野は、急に顔を曇らせた。自分の言葉が過去形になっていることに気が付いたようだ。

「もっといっぱい撮っておいたらよかった」

あび野はスマホの写真を見て切なそうに言った。

「写真はもう、増えることありまへん。ミミ太と一緒に写ってるのも一枚もあらへん。でも絵やったら、二匹が一緒にいられるでしょう。ほんまに一緒やったら喧嘩《けんか》してしまうかもしれへんけど、絵の中やったら仲良くしてくれるし」

　あび野はスマホを見つめている。悲し気だった顔が綻び、目が和《やわ》らぐ。写っているのは多分、三毛猫のほうだ。

「ふふ、うちの猫、可愛いですやろ？」

　彼女はスマホに話しかけている。誰に向かって言っているのだろう。

　人が何かを愛している目を、こんなにはっきり見たのは初めてだ。幸せなものを見ている時、人はこんな顔をするのか。

　私はちゃんと描けるだろうか？

　織恵は動揺しながら、色鉛筆のケースを開けた。何年も信じてやってきた自分の専門ジャンルだ。しっかりしないと、それが崩れていく。

　普段より気合を入れて下絵を描く。真ん中にあび野、右側にミミ太。

　猫は丸いフォルムで。可愛らしく、明るめの配色。ゆり葉に依頼された時と違いを出すため、少し角度を変えてみる。茶目っ気のある可愛らしいイラストに仕上がった。

　だが三毛猫の千歳を描いている途中で、手が止まった。色味や顔形は問題なく描ける。だが、どの写真でも外している目線が、うまく正面に捉えられない。こっちを見てくれないのだ。

固まった織恵を不思議に思ったのか、あび野が聞いていた。

「どうしはりました？」

「あの……」

どうしよう。このまま無理やり描き切ろうか。技術的にはほとんど完成しているのだ。飼い主は自分の愛猫を可愛く描いてもらうことを望んでいる。色紙の千歳は充分可愛らしい。

だが、感情がない。ただの猫の絵だ。

この絵を見て、あび野がさっきのような微笑みを浮かべるとは思えない。彼女の愛情に適《かな》うためには、色紙の千歳に命を吹き込まなくては。

それは今、到底できていない。

織恵は断られるのを覚悟で言った。

「この色紙、持ち帰らせてください。どうもうまく表現できひんので、家でじっくり描き直したいんです」

あび野はきょとんとして、目を瞬《また》いている。

「ちーちゃんの……千歳の写真があかんのでしょうか？　ええのがあらへんから」

「いいえ。違うんです。私が摑めてないんです。このまま描いても、あび野さんが見てはった千歳ちゃんのように、あび野さんを笑顔にできない……。うまいこと言えへんけど、ただの平べったい絵になってしまうんが嫌なんです」

「よくわかりませんけど、プロ根性いうやつですやろか？」

あび野は興味を示したらしく、真剣な顔で聞いてきた。ちょっと違う。だが説明することができず、織恵は頷いた。

「そんな感じです。こちらの勝手で仕上がらなかったので、料金はいりません。出来上がったらお送りします。もちろん、送料もこっちで負担します」

「そんなん、あきません。プロなんやから、お代はしっかりもろてもらわんと。お時間かかってもかましまへん。納得できるまで、じっくり描いてください。ミミ太と二人で待ってますさかい」

あび野は熱の籠った目で言うと、何枚もの千歳の写真を転送してくれた。織恵は送り先の住所を聞き、絶対に完成させますと約束をして、喫茶店の外まで彼女を見送った。

正直、いいものが描ける気はまるでしない。せっかく足を運んでくれたのに、絵描きが絵を描けなかった。

ゆったりとした名古屋帯の太鼓《たいこ》が遠退《とおの》いていくのを見つめながら、情けなくなる。

私の目線、ブレブレだ。

どんよりと暗い気持ちで、マンションに描きかけの色紙を持ち帰った。

この六日間、常に誰かが居間でタンジェリンと遊んでいる。遊んでいるというより、眺めている。活動時間は三人三様で、一日中個室から出てこない時もあれば、朝夕が完全に逆転していることもある。

今夜は、ソファに横たわるタンジェリンを梅香が床から見上げている。猫がいなければ、ただ仰向《あおむ》けで寝ている姿勢だ。

「梅ちゃん。びっくりするやん。行き倒れみたいやで」

「だってこの角度、見てみ」

梅香が手招きをするので、織恵も床に寝転び、ソファを見上げた。タンジェリンの顔を下から覗くような角度だ。

「うわ。ほっぺたに白玉団子ついてる」

「口もすごない？　人という文字やで」

「もしくは入るという字やな。顔に和菓子と漢字あるって、どういうこと」

織恵は恍惚《こうこつ》としながらタンジェリンの顎下《あごした》を眺めた。とても大人しい猫だ。動きも穏やかだし、餌も水も排泄も、何一つ煩《わずら》わされない。軽い足取りで近寄ってくることあるが、だいたいは横になってあまり動かない。灰がかった水色の瞳で、悠《ゆう》然《ぜん》と虚空を見つめている。

　織恵はポツリと言った。

「どこ見てるんやろ」

　タンジェリンの青い目は空中や、壁や窓の外に向けて静止していることが多い。何に興味を示しているのかわからないが、視点は羨ましいほどに動かない。自分とは大違いだ。

「タンジェリン、ブラッシングしてあげような」

　梅香はそう言うと、ソファに座った。病院で渡された取っ手付きのブラシで、タンジェリンの背中をなぞっていく。背中側の毛をひと通り梳《と》かすと、今度は前肢を持ってバンザイをさせた。

「織恵、おなかやってあげて」

「うん」

　織恵はブラシを受け取った。タンジェリンは白い腹を丸出しにされても動じない。首回りもかなりの毛量だが、フワフワなので見た目が軽い。対して腹や腕の内側は束になっている。昨日もこうやって梳かしてあげたのに、もう絡まっている。毛足の長い絨《じゅう》毯《たん》と同じで、擦《す》れる箇所は固まりやすいらしい。あの説明書には毎日ブラッシングが必要だと書いてあったが、本当にそうだ。

二人で真剣に毛を梳かしていると、詠美が部屋から出てきた。タンジェリンの腹回りよりもボサボサ頭だ。

「あっ、ずるい。私も呼んでよ」

「だって詠美ちゃん、追加のオブジェ作ってるんやろ。忙しいやん」

「だいたいできてん。私もやらして」

詠美がそばで膝をつく。詠美が梳かしている間、織恵はタンジェリンのフサフサの尻尾を撫でていた。とても気持ちがいい。とろけてしまいそうになる。

「そうや。急やけど明日のこの時間って、二人とも家にいる？」

詠美がブラシをしながら聞いてきたので、織恵は答えた。

「うん。いるよ」

「私も。どしたん？」

「美津って覚えてる？　朝倉美津。あの子が東山なんとか賞っていうの取ったって人伝《ひとづて》に聞いたから、連絡してん。そしたら遊びに来たいって。久々にホームパーティーやろうよ。美津のお祝いも兼ねてさ」

詠美はひと通りタンジェリンの腹部を梳かすと、ブラシの先を見て顔をしかめた。

「猫の毛ってすごく抜けるな。これ、自分の髪の毛やったら泣くわ」

「……そやね」

織恵は薄く微笑んだ。

詠美に文句を言うのは筋違いだ。美津と会ったことも話していないし、来てほしくないなんて、意地悪でしかない。そもそも自分だって誘った。

梅香と目が合い、ぎこちなく笑ってみせる。梅香も同じように笑っていた。

あとは適当に取《と》り繕《つくろ》い、タンジェリンを連れて個室に入った。他の二人の部屋には割れ物が多いので、タンジェリンが眠るのは織恵の部屋にしている。寝床はカラにした衣類ケースだ。シーツやブランケットを詰めてある。

タンジェリンは寝床ではなく、織恵のベッドの上に軽やかに飛び乗った。体が大きいので、ソファかベッドがせいぜいらしく、高い位置には登らない。

織恵は鞄の中から似顔絵に使っている画材一式を出した。どこに行くにも、常に持ち歩いている。今日はそこにあび野から依頼された色紙も入っていた。ほとんど完成している。三毛猫の配色や目鼻の配置、いつものように、少し上《あ》がった口角。あとは目に色を入れて、光が反射しているようにすれば生き生きとして見える。

猫は可愛らしい。それだけで充分ではないか。足掻いても、いい物ができる気がしない。部屋には本物の猫がいるのに、なんの参考にもできない自分が情けない。

タンジェリンはベッドの上で行儀よく座り、少し顎を上げて壁の一点を見つめている。その目はまるで水面だ。ゆらゆらと波打っている。

だが揺らがない。凝視する先には何もない壁だ。染《し》みも埃《ほこり》もない。なぜ、何もないところをじっと見つめていられるのだろう。織恵は胸が苦しくなった。もう自分では何を見ているのかわからない。何が見たかったのかすら、わからない。

タンジェリンのそばに寄り添い、同じ方向を見つめる。やはりそこには何もない。

「何見てるの？」

織恵は壁を見ながら呟いた。涙が滲んでくる。どこを見ていいかわからない。もう何も見えない。

結局その夜は、色鉛筆を持つことができなかった。

翌日、喫茶店のバイトを一時間早めに終わらせた。梅香と詠美は買い出し。織恵は部屋の飾りつけ担当だ。夕べは落ち込んでいたが、装飾を任されると、クリエイターの血が騒ぐ。しかも家には使える素材が山盛りだ。あっという間に壁や天井がパーティー会場のように華やぐ。

もし私が何かの賞をもらって、友人がお祝いをしてくれたら、とても嬉しい。それまでの苦労が報われたと思うだろう。

織恵は仕上がったデコレーションに満足した。その向こう側にどんな気持ちがあったとしても、曲がりなりにもプロだ。本領を発揮できた。

「さすがやね、タンジェリン」

もう一匹、称賛されるべきプロがいる。

タンジェリンは飾りつけをしている最中もずっと大人しくしていた。ヒラヒラ、フワフワした装飾がいっぱいで、さすがのタンジェリンも、明らかにうずうずしていた。たまに飛び掛かりそうになったり、立ち上がったりしたが、悪戯《いたずら》はしなかった。

「すごいね、タンジェリンは。あの変な先生が言うてたみたいにプロ中のプロやね」

抱き上げて、後ろから首元の毛に鼻を埋める。どこまでも埋もれる。今日はもう八日目。返したくないと、大きく息を吸いながら思った。

梅香と詠美が食料品の大荷物を抱えて帰ってきた。三人ともあまり料理が得意ではないので、出来合いの物ばかりだ。酒に、ケーキもある。ルームシェアを始めた頃はよく色んな物を持ち寄って騒いだが、ここ最近は忙しくて一緒に食事もしていない。久しぶりの催しだ。

美津がやってきた。部屋に入った瞬間、目を輝かせた。

「うわ、めちゃくちゃ嬉しい。すごい嬉しい」

涙を浮かべて、肩を震わせている。それを見た織恵も泣きそうになった。

いつの間にかイベントや制作の忙しさで友達と暮らす楽しさを忘れていた。四人で乾杯をすると、大学時代に戻ったようだ。あの頃は方向性とか、目的とか、そんなものは明確になかった。ただ好きなものを見て、好きなことをしていた。

「うわ！　猫やん！」

美津がタンジェリンを見つけた。向こうはまるで待っていましたとばかりに、優雅な足取りで寄ってくる。おめかしさせようと丹念にブラッシングをしたので、毛並みは艶々だ。

「なんて綺麗な猫。いいなあ。私も猫飼いたいけど、壊されたり、引っ掻かれたりしそうで怖くて」

「タンジェリンはすごく大人しい猫やねん。めちゃくちゃいい子やで」

「そうなんや。そんな猫やったら、私も飼いたいなあ」

ソファで横になったタンジェリンを四人が囲んで撫でる。そのあとも食べて飲んで、昔の話や今の話、これからの話で盛り上がった。四人ともほろ酔いだ。酒が入ると美津は饒舌《じょうぜつ》になり、愚痴を零した。受賞後も仕事は増えず、変化はないという。

「わかってたけど、やっぱりちょっとは期待するやん。でも、取材も問い合わせも、ゼロ」

「実際は次の日から続々と依頼が来るわけじゃないんやね」

梅香がため息交じりに言うと、美津もため息をついた。

「地道にやってれば、そんな日が来るかもしれへん。でも来なくても、結局好きでやってるんやもん。いい歳になっても、やめられへんよね。このまま芽が出なくても」

「確かにね」

梅香に目配せされ、織恵は薄く笑い返した。

実年齢と行動の不釣り合いにもがくのは、みんな同じだ。やっていることは変わらないのに、歳だけが先へ行く。それでもやめられない美津の気持ちは、嫌というほどわかった。

湿っぽくなりかけた時、ガチャンと、何かが割れる音がした。四人が一気に固まる。

「今の、何？」

梅香が緊張した声で言った。明らかに嫌な音だ。恐る恐る個室のほうへ顔を向けると、詠美の部屋のドアが僅《わず》かに開いている。

「マジか」

詠美が駆け出した。ドアを開けると、息を飲む。

その背後から織恵も部屋の中を見た。木材や流木、陶器で散らかっているのはいつものことだ。だが、床に落ちた大きな額縁は、明らかに壊れている。

棚の一番上、人の手がギリギリ届く高さに、タンジェリンが伏せていた。フサフサの尻尾が垂れ下がっている。

「やられた……」

詠美は深い息をつきながら額を面に返した。モダンアートのポスターだ。額の周辺に切子やビードロの和ガラスが貼り付けられ、それらが砕けてポスターに刺さっていた。

「しまった。乾かそうと思って、上に置いてたんがあかんかった。マジで……やってもうた」

詠美はがっくりと肩を落としている。額縁をベースにしたオブジェは、レースのリボンと羽毛がドレスのように連なっている。粉々というほどではないが、装飾品のいくつかはかなり破損していた。

織恵はガラスを踏まないようにして、棚に手を伸ばした。タンジェリンをそっと抱き下ろす。

タンジェリンはどことなく悄然《しょうぜん》としているように見えた。

「ごめん……。私のせいや。タンジェリンのこと、見てへんかったから」

「織恵のせいちゃうよ。ちゃんとドア閉めてなかった私の不注意や。猫がいるのに、壊れもんを外に出してたんやから。タンジェリン、ごめんな。びっくりしたな」

詠美は頬を引きつらせながらも笑っている。

タンジェリンも詠美も悪くない。悪いのは自分だと、織恵は申し訳なさに唇を嚙んだ。大人しいからと、タンジェリンを全然見ていなかった。本当は猫らしく、ヒラヒラした物や高い棚に飛び付きたかったのだ。ずっと我慢をしていたのだ。涙目で、首元の毛に鼻を埋める。

「……ごめんね。タンジェリン」

「織恵、とりあえずタンジェリンはあんたの部屋に移そう」梅香が言った。「詠美、これ、追加で出品するやつやろ。明日搬入やんな」

「うん。でも、しゃあないわ。空いたスペースには、私がモデルみたいにして立っとくわ。それで絵になるやろ」

詠美は無理に笑っている。織恵と梅香、そして美津は顔を見合わせた。

「詠美。ここには四人も作り手がいるんやで。得意分野は違えど、みんな本格的に勉強してきたやん。あんたがモデルするよりも、もうちょっとマシなもんが作れると思うんやけど。なあ、織恵、美津」

「うん」

二人して頷く。

詠美はきょとんとしたあと、目を輝かせた。

「ほんまやわ。なんか意欲出てきた。すごいの作りたくなってきたよ」

「いや。時間ないから普通ので」梅香が首を振る。

そのあとは怒濤《どとう》のような創造だ。夢中になって、切って貼って、描いて塗った。顔や服は絵の具まみれ。軍手を嵌《は》め、慎重にガラス細工を修復する。羽毛をピンセットで張り付ける時には息を止めた。

昔と同じだ。今も、好きなことをしている。

目線はブレていない。全員がずっと好きなものを見ている。

個性のぶつかり合いが出来上がったのは翌朝だ。詠美は一睡もしないまま、形容しがたいオブジェを運んでいき、他の二人は居間でゴロ寝している。織恵は自分の部屋へ戻った。衣類ケースに丸まっていたタンジェリンが、顔を上げてこっちを見る。

水色の目が一点に注がれる。

ああ、この瞳だ。真っ直ぐな瞳。

吸い込まれていく眠気の中で、何かを摑んだ気がした。


前に来た時は、周辺の道を何周もした。もういいかと思った頃、路地が目に止まったのだ。

だが今日は妙にすんなりと見つかった。古い金属のドアを開けると、小さな受付がある。そこに、看護師の女性が座っている。

「小野寺さん、猫をお返しですね。先生がお待ちなので中にどうぞ」

顔を上げずに、冷ややかな応対だ。似顔絵の依頼をしてくれた祇園の芸者あび野とは、顔立ちはそっくりでも表情が違う。織恵は診察室へ入った。白衣を着た医師が待っていた。

「ああ、顔色もええし、周りの空気もよさそうですね。猫が効いたみたいですね」

「はい」と、頷く。机の上に置いたケースにはタンジェリンが入っている。網目から、白く柔らかい毛が覗いている。

タンジェリンのお陰で、梅香と詠美、おまけに美津とも、繋がりが深まった。悩んでいるのはみんな一緒だ。友達の成功や失敗を共有して、全員が前に進める。

「結局、目線はブレてもいいんやってわかりました。昨日見てたとこと、今日見たいとこが別でも、好きなことができてるならそれでいいです。猫のように、なんにもないとこを見てたとしても、それもありなんやって思いました」

「おやおや、言われてますで」

医者は悪戯好きの子供のようにニタリと笑うと、ケースからタンジェリンを出した。タンジェリンは机の上で伏せ、掃き掃除するかのようにフサフサの尻尾を揺らしている。

「猫はね、好きなものを見てるんですよ。いつだって見てるのは、好きなものなんですよ」

織恵は目を瞬いた。タンジェリンはしょっちゅう、壁や、空中を見ていた。窓の外に顔を向けていた時でも、目線にあるのは景色ではなくただの窓ガラスだった。

「でも、何もないところをじっと見てたんですけど」

「人にとって何もない、意味のないもんでも、猫は好きなものを見てるんですよ」

医者はニコニコしている。

織恵はまだぽかんとしたまま、タンジェリンを見た。水色の目はビー玉のように半分透き通っていて、本当にどこを見ているのかわからない。

だが急に、こっちを見た。

目が合う。

——猫は好きなものを見ている。

「スマホ」と、織恵はハッとした。

「はい？」

「写真。スマホに転送してもらったんです。私はてっきり、あれは」

鞄からスマホを取り出す。中途半端な似顔絵を仕上げるために、あび野に転送してもらった三毛猫の画像だ。どの写真もカメラのほうを見ていない。わずかに上目だったり、逸れていたりと、すべて目線がズレている。てっきりスマホを向けられるのが嫌で、避けているのだと思っていた。

だがそうではない。

「これ、全部、飼い主を見てるんやわ」

好き、好き、大好き。

この目は好きなものを見ているのだ。だから、カメラから外れているのだ。

織恵は慌てて鞄から似顔絵道具を取り出した。喫茶店で描くために色紙も持ってきている。

「今、ここで描かせてもらっていいですか？　すぐに摑まないと逃げちゃう」

「あはは。猫みたいですね。ええですよ」

医者はタンジェリンを膝の上に乗せると、優しく、滑《なめ》らかな手つきで撫でた。

「サラサラやなあ。気持ちええなあ。指名料、まけてほしいなあ」

医者がタンジェリンに語りかけている間、織恵は色紙の三毛猫に色鉛筆を入れた。瞳が、こっちを見る。好きなものを見る目になる。

笑いながら、三毛猫に向かってスマホを構えるあび野が想像できた。可愛く撮ろうとして、画面を見ながら猫を追いかける。あび野はきっと微笑んでいただろう。愛しさが溢れる目は、スマホの画面に注がれている。

そんな飼い主を、猫は見ている。

「……できた」

意図せず息が漏れた。

可愛い。自分が描いた絵の中の猫に見つめられて、吐息するほどだ。千歳とあび野とミミ太。みんながこっちを見て笑っている。

「みんな、なんて可愛いんやろう」

「ほんまにねえ、可愛いなあ、優しいなあ、指名料、まけてほしいなあ。あ、できました？　そうですか。そらよかった」

医者は淡々とケースにタンジェリンを戻すと、後ろのカーテンに向かって言った。

「千歳さん、猫持っていって」

「はい」と、看護師が入ってきた。放心していた織恵はハッとした。看護師は取り澄ました顔でケースを手に取る。

色紙のあび野と見比べるせいだろうか。更に愛想なしが際立つ。つい凝視すると、看護師の眉根が寄った。

「なんですか？」

「あ、えと……」織恵は焦った。「ちょっとだけ、この絵の人に似てるなって」

本当に顔立ちは似ているのだ。色紙を看護師のほうに向けると、看護師はびっくりしたように目を丸くした。

「あら」

意外にも興味を示したのか、看護師はケースを机に置き直すと、色紙に顔を寄せてきた。

「私、こんな顔してますか？　目に星入ってますやん。嫌やわ。ふふ」

照れ臭そうで、ちょっと自慢しているような、可愛らしい笑いだ。

だが、スッと真顔になると医者を冷ややかに見下ろした。

「先生。そろそろ予約の患者さんが来はるんとちゃいますか。風吹かすんもいい加減にしはらへんと、肝心の患者さんが帰ってしまわはりますよ。知りませんからね、私は」

そしてケースを持って、カーテンの奥へと引っ込んだ。

あまりにもあっさり、タンジェリンはいなくなった。名残《なごり》も余韻《よいん》もない。まるで夢を見ていたかのようだ。

でもタンジェリンの写真はスマホにたくさん残っている。フワフワの毛を撫でた時の感触もまだ残っている。

だから絶対に夢ではない。

「あの、先生」

「はい？　指名料を折半ですか？」

「いいえ、タンジェリンの似顔絵を描きたいんです。描いたら、私のホームページに載せたいんですけど、駄目でしょうか？」

「ええんちゃいますか。著作なんとかは、笑って誤魔化しときます。もし、またどこを見ていいかわからんようになったら、ご自分の好きなもんを見てください。猫と同じようにね。ではお大事に」

本当に捉えづらい顔の医者だ。織恵は診察室を出た。受付の小窓の縁に借りていたブラシと新品のブラシを置く。

「これ、友達とお金出し合って買ったんです。毛先の感じとか大きさは同じですけど、後ろのボタンをカチッとしたら、毛が一気に取れるって書いてありました。タンジェリンはめちゃめちゃ毛が抜けるんで、梳かすの大変かなと思って。よかったら使ってください」

「あら、どうも。ありがとうございます」

看護師は抑揚《よくよう》なく言うと、ブラシを受け取った。

それだけだ。愛想の欠片もない。

だがきっと、タンジェリンを綺麗に梳かしてくれるだろう。医者も看護師も変わっているが、真摯《しんし》な優しさを感じた。

金属ドアを開けて廊下へ出た。今どきエレベーターのない古いビルだ。階段から派手なシャツを着た男性が上がってきた。

少しガラの悪そうな人だなと思っていると、男はすごい勢いでこっちへ来て、正面に立った。

「おい、ねえちゃん。あんたもここで、猫習ってんのか？」

いきなり話しかけられ、織恵は固まった。だが向こうも顔を強張らせている。まるで怖い物でも見るような目だが、怖いのはこっちだ。

「い、いいえ。習ってませんけど」

「ほんまか？　ほんまに猫習ってへんのか？」

男がじりじりと寄ってくる。織恵はたじろいだ。

「本当です。こう見えても一応本職なので、習わなくても猫は描けますから」

「猫を……描くやて？」

今度は唖然としている。表情がコロコロ変わる男だ。

「それは、どういうこっちゃ。猫を描くて、猫を描くって……。どういうこっちゃ」

猫の絵を描くことがそんなに珍しいのだろうか。どうやら、ペットをイラストにする意味がわからないらしい。たまにそういう人はいる。織恵は自分のショップカードを渡した。

「私、絵描きなんです。イラストとか似顔絵を描いてるんです。猫以外でも、人物も動物もオーケーなんで、興味があったらホームページを見てください」

「猫を描く……」

男はカードを受け取ったあとも、茫然《ぼうぜん》と呟いている。そんなに驚くことないのにと、ムッとしてしまう。

実物や写真もいいが、イラストにはイラストの良さがある。さっきの千歳という看護師だって、自分とそっくりの絵を見て微笑んでいた。あの笑みを引き出せるのが似顔絵のよさだ。

そういえば、あび野の猫も千歳。看護師と同じ名前だ。どちらもツンと澄ました感じだった。

棒立ちする男をよけて階段を下り、ビルから出る。見上げる空は清々《すがすが》しい。できるだけ早く色紙を渡したくてあび野に連絡をすると、今から来ていいと言ってくれた。六角富小路の辺りから、東山《ひがしやま》区の花街まで二十分ほど歩いた。祇園町の石畳の通路は風情があり、お茶屋や料亭が立ち並ぶ。その中の一軒の置屋を訪ねると、あび野が出迎えてくれた。

「わざわざ来てくれはって、おおきに」

優しい笑顔の足元から、薄茶色の縞猫《しまねこ》が顔を覗かせた。楕円形の頭に耳が張り付いている。手足がとても短い。

「ほら、ミミ太。挨拶せな」

あび野はミミ太の短い前肢を持ってバンザイをさせた。首輪に付けた鈴がチリリとなる。ゆり葉の時もあび野の時も、スマホの画像から絵を起こしたが、実物の可愛らしさは別格だ。

「ミミ太君と千歳ちゃんの色紙、描き上がりました」

織恵は色紙を渡した。あび野を中心に二匹の猫。名前も入れた。目の前のミミ太に比べると多少の味気なさは否めないが、自信作だ。

あび野は色紙をじっと見ている。

そして微笑んだ。

「ふふ。嫌やわあ、ちーちゃん、こんな目でうちのこと見てたんやね。キラキラしてるやん」

そう言って、色紙を抱き締めた。

「ミミ太と一緒で嬉しいなあ。仲良くなれて、よかった」

彼女の三毛猫が今どうしているのか、わからない。だが色紙の中からあび野を見つめる目は、好きなものに向けられている。猫も人も、愛しているものに向ける目は同じだ。

「よかったね」と、あび野はもう一度呟く。彼女は泣いてはいない。織恵のほうが泣いていた。誰かに喜んでもらえる、そんな絵を描けるようになりたいと強く願う。

今は、胸の中にしっかり摑んでいるタンジェリンの柔らかさを描こう。あび野のように、絵を見て語りかけるくらい、生きたタンジェリンを描きたい。

そして描けたなら、中京こころのびょういんへ行って、あの変わった医者と看護師に見せようと思った。

椎名《しいな》彬《あきら》はこの数日間、悩んでいる。

隣室から出てきた謎の女は、怪しげなカードを渡していった。見た目はよくある普通のショップカードだ。名前や連絡先も載っている。

検索しようか、どうしようか。

だがこれ以上関わり合いにならないほうが身のためだ。隣は絶対におかしい。自分の事務所に猫の黒い毛が落ちていたと聞いて、ゾッとした。

ほぼ怪奇現象だ。

「そやかて……、なんで俺がこんなことでビビらなあかんねん。まったく関係ないやんけ。隣が猫を放置して逃げたんは、俺が入居する前や。そうや、俺はビビってへん。俺にはこの磁気ネックレスパワーがあるんや。こんなショップカードの一枚や二枚、磁気で浄化したるわ」

椎名は首に掛けた磁気ネックレスを握り締めた。自社で取り扱っている品の中でも、上位クラスだ。最高級品にしようかと悩んだが、それは値段と相談してやめておいた。

ネックレスを握りながらショップカードに書いてあるホームページをパソコンで検索すると、すぐに見つかった。あの女の言っていたとおり、自称イラストレーターが仕事や作風を案内しているページだ。

特に不審な点はない。だがブログを見て、椎名は顔をしかめた。色紙が掲載されている。人物と猫を描いたカラフルなイラストだ。人物はどれも女性で着物姿。髪の結い方から素人《しろうと》ではない。

しかも、猫二匹と一緒に描かれている女性に見覚えがある。名前も書いてある。

「あび野……。前に隣のドアの前で泣いてた女か？」

漫画チックなイラストなので曖昧《あいまい》だが、気になる。うろ覚えだが、色っぽい女で椎名の好みだった。問題はそこではないが、無関係とは思えない。

色紙の名前はおそらくどれも花街の芸妓だ。花街といえば、思い浮かぶのはこのビルの持ち主の井岡《いおか》だ。祇園で派手に遊んでいると聞く。

聞いてみるか。

それとも、これ以上踏み込むのはやめるか。

椎名はネックレスを強く握った。

猫だ。とにかく、猫の影がちらつく。肩こりや高血圧、食欲不振なら磁気パワーは確実に効果がある。だが猫に効くかは検証されていない。

そもそも猫の何がどうなれば正解なのか。猫も肩が凝るのか。磁気で若返ったりするのだろうか。ヒゲが増えるとか？　尻尾が生えるとか？

「いや。なんかちゃうな。尻尾は元々あるか」

猫の尻尾がどんなだったか、考えれば考えるほどおかしな方へ向かう。丸まっていたような、先が折れ曲がっていたような。猫だけではなく、動物全般に興味がないのだ。面倒臭くなってきた。

「アホくさ。知らんわ」

椎名は苦い顔でパソコンの電源を落とした。

第四話

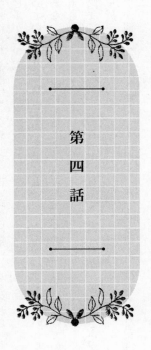

面倒臭さと、少しの緊張が混じり、行く前からすでに逃げ腰だ。

六角《ろっかく》通を西へ進むと、ここら辺だろうと適当な通りを曲がる。電話で場所を説明されたが、中京《なかぎよう》区の細い通りはほとんど行ったことがなく、見分けも聞き分けもできない。

街並みはどれも似たような感じだ。古い町家に細いビル。それらしき五階建ての雑居ビルが見つかると、眉間《みけん》から力が抜けた。

思っていたより新京極《しんきようごく》や四条《しじよう》通に近いが、こんなパッとしないビルなら、誰にも会わないだろう。中に入ると廊下に並ぶ金属製のドアは所々剝《は》げていて、エレベーターもない。

五階まで上り、奥から二つ目のドアを叩く。微《かす》かだが、猫の鳴き声が聞こえてくる。

ドアが開いて、鳴き声が一気に増す。自分の母親よりは若そうな女性が顔を見せた。

「鳥井《とりい》青《あお》さん？」

「はい」

青は素っ気なく答えた。ドアが大きく開いて、部屋の中が見える。明るくて綺麗だ。動物特有の臭気《しゆうき》はするが、たいしたことはない。

それよりも、ミルクの匂いがする。

「場所、すぐにわかった？　ここら辺、ややこしいでしょう」

「はあ。まあ」

実際、最初はひと筋、通りを間違っていた。古い個人病院があり、このビルはちょうどその真裏だ。

室内には女性がもう一人いる。くたびれたトレーナーに、後ろでひっつめた髪は生活感があり、こちらも四十代半ばくらいだろうか。困ったような表情は、青を歓迎していない。

「麻生《あそう》さん。この子は若すぎるんとちゃうかな」

「まあね」と、麻生と呼ばれた女性は苦笑いしている。雇用内容のやり取りをしていたのはこっちの人だ。青は無言で部屋を見回した。

壁のラックに箱型のケージが詰まれている。ペットショップに据《す》え付けてあるガラス張りではなく、柵になっている物だ。そこに猫がいる。ケージにいるのは四匹。床置きの大きなサークルがあって、そこにも三匹、猫がいる。サークル内の猫はひっくり返ったり、毛布を嚙んだりしている。体と顔付きがまだ幼い。

子猫だらけだ。

目が離せないでいると、視界をひっつめ髪の女性が塞《ふさ》いだ。

「お嬢さん。来てくれて有難いけど、学生さんやろ。ここね、多分、思ってるような仕事とちゃうねん。若い子には無理やと思うわ」

「私、学生じゃありません」

青は語気強く言った。向こうは面食らったようだ。

幼く見られるのは、少年のような服装や短い髪型のせいだ。常に拗《す》ねたような不機嫌顔も、子供っぽいらしい。今は難癖をつけられて実際に不機嫌だ。いつもより更に目付きが悪くなる。

「高校は行ってないです。もう十八歳なんですけど、駄目ですか？　猫のフンとかオシッコの片付けに、吐《は》いた餌も触らないとあかん仕事で、一日中掃除ばっかりやって聞いてます。噛まれるし引っ掻かれるし、もしかしたら、世話してる猫が亡くなってしまうこともあるって聞きました。あとは……なんやろ。そんなもんですか？」

時給や待遇も、麻生からのメールに細かく書いてあったし、彼女とは電話で話して採用連絡をもらったのだ。それなのにこの女性は、よくある大人の事情か何かでなかったことにするつもりだろうか。

怒るなら、怒ればいい。青は腹立ちを隠さず睨《にら》んだ。だが女性は笑った。

「えらいひどい前振りしたんやね、麻生さん。そんなこと雇う前に言うたら、誰もバイトに来てくれへんやん」

「だからいっぱい応募はあったけど、この子以外は辞退したんやって。それにあとから文句言われたり、すぐに辞められたら面倒臭いやん。だからちょっと大袈裟《おおげさ》に言うたの」

「それにしても、一日中掃除って。まあ遠からずではあるけど」

女性は青に向かって呆れたように笑った。

「そんなん聞いて、よく来たね。猫が好きなん？」

「特に猫がってわけじゃないです。動物は好きですけど」

「そらそうやろ。動物が好きじゃなかったら、この仕事に応募してこないよね」

麻生に笑いかけられても、青は笑い返さなかった。

本当は動物が好きなのではない。人間が嫌いなのだ。

時給がそこそこで、極力、対人がなく、自宅以外でできる仕事。今は然程《さほど》求人に性別や年齢の限定はないが、倉庫番や警備員などは、若い女性は採用されにくい。運転免許がないので配達も無理だ。

選ばなければいくらでもバイトはあるが、選べばなかなか見つからないのが現状だ。条件がある程度揃《そろ》えば、未経験の業種でも構わない。

無表情の青を、もう一人の女性は探るような目で見ている。

「ここは猫専門やけど、街中のペットショップと違ってビルの中で猫を飼育してるし、かなり閉鎖的でしょう。オーナーが道楽でやってるような店やから、猫たちが出ていくのも遅いの。その分、愛着が湧いて、別れる時はつらくなるよ。動物好きなら、尚更よく考えたほうが……」

「もうええやん、長谷《はせ》さん」と、麻生はしかめ面をした。「本人が働くって言うてくれてるんやから。鳥井さん、条件はメールの通りね。二人体制でお世話をしてるから、土日とか祝日も出てもらうけど、大丈夫かな?」

「はい」

青はきっぱりと言った。麻生は頷《うなず》いた。

「オーナーが帰ってくるまでは、私が代理を任されてるの。でも実質は長谷さんのほうが偉いねん。なあ、長谷さん」

「偉ないよ。パートやし」

長谷という女性は薄く笑っている。年齢は恐らく近いが、二人の雰囲気には差がある。麻生は身なりが綺麗で、長い爪に巻き髪は動物の飼育に不向きだ。一方の長谷は実用的な格好をしている。

青が麻生に言われて書類を書いたり確認したりしていると、ニャアニャアとサークルの中で猫が喧嘩《けんか》をし始めた。三匹が毛玉のように絡まり、転げ合っている。

「こら！　ムギ、チョコ、やめなさい」

長谷は二匹の茶色の子猫の首根っこを摘み上げた。猫はまるでスイッチが切れたかのように大人しくなる。かなり素早く大胆な手際だ。摘み上げられた猫は前肢を垂らし、表情も柔らかい。ぬいぐるみになってしまったのかと思えるほどだ。親猫が子猫の首を咥《くわ》えるのは知っているが、実際に見たのは初めてだ。首回りの伸びた皮膚が痛々しい。

「そこ、持っても痛くないんですか？」

青は眉根を寄せた。長谷は笑い返す。

「うまく持てばね。長く持つのと、重くなったらやめといたほうがいいかな。ほら、コクベエ。あんたはいつもいじめられてるな。あんたのほうがお兄ちゃんやで」

サークルの中にはもう一匹、真っ黒な子猫がいる。耳の先から尻尾の先端まですべてが黒い。目だけが灰色だ。

「この子らで、ぼちぼち四か月かな。あっちのがもうちょい下」

長谷は二匹をケージに入れると、部屋の奥にある段ボール箱を目で示した。青が首を伸ばすと、箱の中にはひと回り小ぶりな猫が寝ている。三毛猫と縞猫だ。

「可愛いやろ」と聞かれたので、素直に頷く。長谷は黒い子猫もケージに入れると、サークルを片付けだした。下に敷いてあるシートは糞尿《ふんにょう》で汚れている。一日中掃除というのは大袈裟ではなさそうだ。

　麻生が雇用書類の確認を終えた。

「よし。これで今日から働いてもらえるわ。長谷さん。鳥井さんのこと、お願いね。私、塾まで迎えに行かないと」

　麻生はそう言うと、サッサと帰ってしまった。いきなり何もできない新人と残されたにしては、長谷は平気そうだ。

「麻生さんはお金とか在庫の管理してはる人やねん。私はパート社員の長谷美里《みさと》です。だいたい私とペアになると思っといて。よろしくね」

「はい。やることを教えてください」

　青は淡々と言った。どこであろうと、必要以上に人と関わる気はない。大抵の相手は青の態度にムッとするので慣れっこだ。だが長谷は笑顔のままだ。

「やる気あるね。助かるわ。来月にはオーナーが帰ってくるから、そしたらシフトも相談しようね。友達と遊びたい時もあるやろうし」

「友達はいません」

「あら、そうなんや。そっか。……じゃあ、早速で悪いけど餌の準備を手伝ってもらおうかな。子猫は回数多いから大変やねん」

青は長谷に教えられるまま、猫の餌作りをした。ただ皿に盛ればいいというものではなく、月齢で食べる内容が違い、体格によっても分かれていた。何かを掛けたり、何かを混ぜたりする。

それぞれの餌が用意できたので、皿を入れるためにラックのケージを開けると、隙間《すきま》からぬるりと猫が出てきそうになった。慌てて押し込める。

なんだろう、今の動きは。物理的に出てこられる隙間ではなかったのに、なぜか出そうだった。隙間の広さと猫の体格を考え、もう一度慎重にケージを開く。まただ。三センチの隙間から、頭部が五センチある猫が出てくる。

猫は、軟体動物？

青が不可解さに困惑していると、長谷がおかしそうに言う。

「鳥井さん、猫飼ったことある？」

「な、ないです」

猫は青の手の動きに合わせて、あっちこっちへ寄ってくる。ちょっとした盆踊りだ。動きは可愛いのだが、目的は餌やりだ。片方の手で注意を引き、押し込めながら皿を置く。皿に気を取られていると猫が出てくる。猫を押し戻そうとすると、今度は袖に爪を引っかけて、ぶら下がってくる。何匹か猫が釣れたせいで袖口がヨレヨレだ。

なんとか奮闘して、ケージ内に餌の皿を置くことができた。

たったそれだけのことに、かなり時間を使った。びっくりするほど猫の動きは予測不能だ。入れた途端に皿をひっくり返す猫もいる。長谷は言葉では教えてくれたが手は出さず、九匹の猫の餌はすべて青があげた。

「どう？　ずっとこんなんやで」

「……大丈夫です」

青は硬い表情で言った。コミュニケーションは苦手だ。だから早く仕事を覚えて、一人でできるようになるのだ。

長谷はボードに挟んだ紙にチェックを入れて、すべての猫に餌をやったか確認をしている。

「ここにいる子は繁殖《はんしょく》させないで、よく慣らせて個人に出すねん。今いる子はほとんどミックスとか雑種やから、体は丈夫やけど、ショップはあんまりほしがらへんからね。今、オーナーが新しい親猫を仕入れに行ってはるわ。人気のある猫種は特徴がはっきり出るように交配するねん。近親やと疾患《しっかん》が出やすいから、できるだけ数か所から仕入れて、綺麗な子を生ませるんよ。こういう話、苦手？」

「いいえ」

青はまた強く言い返した。長谷は笑っている。

「大丈夫。ここはひどい繁殖はしないよ。逆に気まぐれで色んな種類を仕入れてくるから、すぐに混合種になっちゃうねん。でも、雑種も人気あるよ。個性あるし、値段も安いから、買い手がつくわ。この子らも親猫が綺麗やし可愛いやろ。売りに出すのはオーナーが帰ってきてからやけど」

話し方は気さくだが、言っている内容は営利的だ。ただ長谷は喋りながらもテキパキと手近な片付けをこなしていく。仕事の出来る人だ。

「さて、最後は離乳食や。鳥井さん、手伝って」

「はい」

言われるまま、子猫用と書かれた粉ミルクを湯で溶き、ふやかしたドライフードに混ぜる。オートミールのようだ。さっきの九匹に与えるのかと思ったが、長谷は部屋の隅に置いてあるカゴを持ってきた。中で寝ているのは子猫だ。一番小さい。

「この子は来たばっかりやねん。生まれて一か月の、カオマニーって種類」

話しかけられても、返事ができなかった。白だ。耳の内側と鼻だけが淡いピンクで、あとは白。丸い手も、長い尻尾も白。ほんのり発光しているようだ。

子猫が薄く目を開けた。小さくて、つぶらな瞳だ。

「白猫は人気やから、この子はここに置いて、そのうち別の白と掛け合わせると思うわ。見た目は日本猫みたいで可愛いやろ」

「目が」

「ん？」

「目の色が、違う」

青は茫然《ぼうぜん》と呟《つぶや》いた。真っ白な子猫は左右で目の色が違う。片方が青灰で、片方は黄土色だ。

「これはね、オッドアイっていうの。白猫に多いかな。もうちょっと成長したら、はっきり青と黄色になるよ。綺麗でしょう」

「綺麗……」弾けるような白さの子猫を見つめながら、虚《うつ》ろに答える。

「この子、まだ名前がないのよ。ここにいる間だけやけど、鳥井さん、付けてあげて」

長谷に顔を覗《のぞ》き込まれ、青は目つきを険しくした。

この人はなぜ会ったばかりなのに、こんなに踏み込んでくるのだろうか。

だが、どうでもいいと思った。大人は手を出しては、すぐに引く。教師も親も手を出してくるが、引っ掻かれそうになると逃げ出す。

どうせこの人も上辺だけだ。面白いバイト先だが深入りはしない。

「いいです。名前付けるとか、重いんで」

「あら、そう？　じゃあ、いつもみたいに私が付けようかな。そうねえ、うーん、どうしよう」長谷は腕組みをして、首を傾げた。「今は白い子がいないし、やっぱりシロかな。どう?」

「まんまじゃないですか」

呆《あき》れた。白い猫だから、シロ。

考えた割にはあまりにも安直だ。まったく同じ毛色の猫がいればどうするつもりだろうか。

長谷は両手の平で白猫を包み込んだ。ぴったり収まるサイズだ。

「うん。シロに決めた。青ちゃんとシロちゃんで、青空みたいやね」

「そうですか?」冷ややかに言うと、長谷は明るく笑った。

「開放感があってええやん。さあ、青ちゃん。シロのご飯を手伝ってあげて」

青は長谷に教わりながら、ふやけたドライフードをのせたスプーンをシロの口元に持っていった。シロがフンフンと匂いを嗅いで、小さな口で食べる。

「食べ出したら、次は自分で食べれるようにお皿の縁までスプーンで誘導して」

これも言われるままするると、シロは自分からミルク入りの離乳食に顔を入れた。

「めちゃくちゃ、顔が……」

「そう。めちゃくちゃ汚れるの。口周りがヤギのヒゲみたいになるから、あとで拭いてあげないとね。あ、お皿から手を放したら駄目……」

皿が傾き、底が浮き上がる。やばいと慌てた時には遅かった。顔を突っ込みすぎたシロは頭からべちゃべちゃの離乳食を被った。

「うわ！」

「あらら。えらいことに」

シロはひっくり返った離乳食を四肢で踏みつけ、食べるのに夢中だ。白い毛がオートミール色に染まる。

「こら、あかんな。あとでお風呂入れてあげよっか」

長谷は軽く言うが、ここに風呂があるとは思えない。あるのは奥の小さな流し台だ。青が目で問いかけると、彼女は頷いた。

「赤ちゃんの沐浴《もくよく》みたいなもんよ。一人では大変やけど、二人いたらなんとかなる。でも赤ちゃんと違って乾かすのが大変なの。猫ってね……毛深いから」

長谷は苦笑いしている。きっと本当に大変なのだろう。

コミュニケーションは苦手だが、どの仕事もすぐに慣れて、それなりにこなせる。だが相手が猫だとそう簡単にはいかないかもしれない。

べちゃべちゃの離乳食に尻を付けて座るシロを見て、そう思った。

陰気なビルの五階にある猫のブリーダー、『中京ニーニーズ』でバイトをするようになってから、三か月が経った。

ケージの拭き掃除をするため、中にいた猫を数匹サークルへ移動させる。すると喧嘩が始まった。

「あっ、こら！　またやってる！」

青は叩き合う猫の首根っこを持って引き離した。いつも一緒に遊ばせている三匹だ。

普段は仲良しだが、じゃれ合いが始まるとだいたい黒猫のコクベエが茶猫のムギとチョコにやられている。コクベエはやり返さないが、度が過ぎると素早くかわしているので、本当は余裕がありそうだ。それでも本気の喧嘩になると怪我をしてしまうので、早めに仲裁《ちゅうさい》に入る。

猫は首の後ろを掴まれると本能的に大人しくなる。それは母猫が子猫を咥えて移動しやすいように、刷り込まれているからだ。だから青が猫の首を掴んで持ち上げる時、世話係と飼育猫以外の関係が生まれる。

向こうが子供で、青が母親だ。

だが今日、コクベエの首根っこを持ってみて、重くなっていることに気が付いた。灰色だったコクベエの目は、満月のような金色になった。三匹とも、もう成猫の域だ。どの子も成長に伴い、毛色や目の色が変化している。

見た目だけではない。猫の性格も様々だ。ひたすら元気な子、すぐ怒る子、隅っこでじっとしている子もいる。相性や好みもそれぞれだ。

「シマンはほんまにミーコが好きやね」

同じサークル内でくつろぐ二匹を見て、長谷美里が微笑《ほほえ》んでいる。白地にグレーの縞模様のシマンは三毛猫のミーコが大好きだ。二匹は同じ月齢だが、シマンのほうがひと回り大きい。ミーコを抱き締めながらベロベロと舐《な》めている。

「シマン。あんまりやるとまた……」

青が声をかけたと同時に、それまで目を閉じていたミーコが突然怒り出し、シマンの頭を一発叩いた。あまりの素早い動きにシマンもよけきれず、まともに食らっている。

「ほら、また怒られた」

ミーコは細身で鼻筋の通った美しい猫に成長した。先が少しだけ折れ曲がった鍵尻尾の三毛猫で、大人しいが、時々気の強さを見せる。シマンはまだミーコの毛《け》繕《づくろ》いをしたくてソワソワしている。めげないのはいつものことで、自分の体よりもミーコの毛並みを綺麗にすることに必死だ。

猫は個性的だ。そして、育つのが早い。

「美里さん、オーナーっていつ帰ってくるんですか？　この子ら、もうみんな大人になってしまったんですけど」

「確かにだいぶ経つわね」

美里は砂に埋まった猫のフンを集めている。この三か月、猫の世話をしているのはほぼ青と美里の二人だ。青が週に一度休みを取る時は、オーナー代理の麻生が来ている。麻生はあまり事務所へ顔を出さないし、来てもすぐに家の用事とやらで帰ってしまう。実質、猫の健康管理は美里がしていて、餌のチェック表はすべて彼女の字だ。恐らく美里は出ずっぱりだ。

職場自体は気に入っている。仕事が早い美里とも気が合う。

だがこの会社の胡散臭《うさんくさ》さには働き始めてすぐ気が付いた。ほとんどをパートの美里に任せているし、給料も現金手渡しだ。そもそも、生き物を扱う免許や資格があるのか怪しいものだ。会ったことのないオーナーは麻生の知り合いで、あちこちで手広く事業展開している男性だという。

「オーナーってええ人なんやけど、思い付いたらなんにでも飛び付く人で、前は高級ラーメン屋、アロマオイル専門店にヴィーガンレザーの店もやってたわ」

「統一性ないですね」

「そうなの。どの店もすぐに飽きて長続きしなかったんやけど、ニーニーズはこれから事業を拡大するみたい。猫の数を増やす予定やから、青ちゃんに来てもらったし」

「猫の飼育頭数を増やすなら、もう少し麻生さんにも動いてもらったほうがいいと思いますよ」

「あはは。はっきり言うね。麻生さんは今、息子さんの高校受験に向けて一緒に頑張ってはるねん。それが終わるまで待ってあげて」

「ってことは、美里さんの子供も受験生？」

麻生と美里の息子は、同じ中学の同級生だと言っていた。片方が受験なら、もう片方もそのはずだ。美里は少し苦々しく笑った。

「うちは多分、無理かな。一年生の時からほとんど学校行けてないから。麻生さんとは同じ悩みを持つ保護者同士、よく励まし合ったわ。他の人は、甘ったれてるとか育て方が悪いとか、お説教ばかりするけど、麻生さんは絶対にそんなことないって言うてくれたの。お陰でだいぶ救われたわ」

唐突に親側の心境を吐露《とろ》され、青は複雑だった。美里が最初から妙にお節介なのは、青を自分の息子に重ねていたのだ。

「うちの息子はまだ家に籠《こも》ったままやけど、そのうち、自分のペースで動き出すと思う。麻生さんとこは学校に戻れて、進学しようと思えるまでにならはったよ。私も随分と悩んだけど、ニーニーズの仕事を紹介してもらえたお陰で毎日楽しく過ごせるようになったの。猫は癒しやもんね。元気になれるよ。さあ、猫たちをブラッシングしてあげよっか」

「はい」

家庭の問題が猫で解決するわけではない。だが塞いだ心がほぐされていくのは確かだ。

美里は猫の効能をわかっている。その上で、べったりすることなく、手厚く世話をしている。一定の温度と距離を保っているのは彼女の自制によるものだ。

「シロ、ブラシしようか」

青はカオマニーのシロをケージから出した。生後四週間ほどだったシロは、体はひと回り大きくなり、顔付きも若猫らしく凜々《りり》しさが増した。猫にも乳歯があり、永久歯に押されて生え変わることを知った。フンの中に小さなプラスチック破片があり、疑問に思って美里に聞くと、それがシロの乳歯だった。猫の乳歯が見つかることはかなり珍しいという。

カオマニーは猫の種類としてはあまり広まっていない。短毛で、尖った顎《あご》に小柄な体。白一色の被毛が多く、シロは名前の通り真っ白だ。目は、対照的な青と黄に変化した。ブラッシングしていると、不思議な感じがする。なぜこんなに目立つ色なのだろう。野良猫だとすればきっと虐《いじ》められるだろう。

猫も人間も、異質なものは排除される。

「青ちゃん。ちょっと顔色悪いけど、しんどいの？」

美里に言われて、青は首を振った。

「大丈夫です」

「ほんま？　青ちゃんはうちの息子と同じで、無理して大丈夫やって言うタイプでしょう。親はそれを真に受けて、気付いた時にはもう駄目になってて。違う？」

青はシロのブラッシングをしながら、心の中で、これ以上自分の子供に重ねないでほしいと思った。美里も母親と同じく、悩みの正体を自分の言葉で理解しようとする。世代が違うのだ。こっちの感覚は向こうに響かず、向こうの理屈は前時代的だ。

それでも今、青と美里は同じ職場で、同じ仕事をしている。教師や親よりも、並んでいる位置が近い。面倒臭いと思いつつ、答える。

「学校のことやったら、無理しなかったから辞めたんです。私、昔から女の子らしくないし、名前も青ってどっちかわからんし、そういうのをからかうアホなやつがどこ行ってもいるんです。地元の高校を中退しても、近場やとバイト先でアホなやつらと会うんです。でも私は無理しないから、そういう時はすぐ辞めるんです。このバイトが続いてるのは、誰にも会わない古いビルの一室やから。人間は嫌いやけど、動物は好きやし」

　理解は求めていない。両親もいまだに、青が学校でいじめられたせいで、対人恐怖症になったと思い込んでいる。そうではなく、元々人付き合いが嫌いなのだ。無理をやめたら、更に人と距離ができた。

　美里は不可解そうに首を傾げている。

「青ちゃんの名前の何をからかうの？　キラキラしてるから？」

「別にそういうわけじゃ」キラキラと言うあたりが、おばさん臭い。「アホなやつは、なんでもからかうんです」

「もしかして、私がシロにシロって付けたんも嫌やった？　ほら、青とシロで青空とか、ダサかった？」

「ダサくは。いや、ダサいけど」

　面倒臭さを超して笑えてきた。目を伏せて笑うと美里も笑う。

「とにかく無理はせんといてね。逃げるのは悪いことちゃうよ」

「はい」

　わかっている。だからこうしてここにいるのだ。大人はよく青の現状を慰《なぐさ》めるが、こっちは嘆いていない。逆にこの閉鎖された空間が好きだ。ここでもっと猫のことを学んで、いつかどこかで役立てられたら。

そんなことを思う自分に、少し驚く。久しぶりに未来へと目が向いた。

シロが飽きてブラシにちょっかいを出してきた。体付きは大人になってきたが中身はまだ幼い。どの猫も丁寧に世話をしているが、シロは特別だ。一番小さかったので、餌やトイレなど手間がかかった。その分、一番可愛い。

「美里さん。シロは売りには出さへんかもって言うてましたよね」

「そうかもね。でもオーナー次第やわ。今、残ってる子もかなり大きくなってしまったし、どうするんかな」

「大きいと売れない？」

「子猫とは需要が違うね。でもほしがる人はいるよ。特にここの子は、みんな慣れてるからね。子猫が育てられへん人とか、人馴れしてる子がええとか、もらい先はいくらでもあるよ」

美里の口調は割り切っているが、青は気に入らなかった。無計画なオーナーにシロの行く先を決められるのは納得がいかない。

もちろん、今は口出しできる立場ではないとわかっている。もっと勉強が必要だ。学んで、理解しよう。仕事の幅を増やしていくのだ。

シロをケージに戻すと、ゴミの始末にかかる。

「美里さん。ゴミ、他にないですか。袋閉めますよ」

「ありがとう。でも青ちゃん、ほんまに顔色悪いよ。体調悪いんとちゃう？」

「平気です」

猫の糞尿は一般廃棄物だ。ゴミ回収日まで密閉できる大型ボックスに入れておく。青はパンパンに詰まったゴミ袋を固く縛った。重さもあるので廃棄処理は力事だ。終わると熱くなり、いつも汗を掻く。

だが今日はじっとりと冷や汗が滲《にじ》む。浮ついた感覚もする。

それでもやることは山のようにあるのだ。体調は無視して仕事を続けていると、ガチャガチャとドアノブが何度も回った。ドアの開閉がおかしいのは前からで、施錠していないのに開かない時もあるほどだ。管理会社には麻生から連絡しているが、音沙汰がない。

青は内側のノブを回すと、飛び込むようにして入ってきた麻生に言った。

「麻生さん、ビルの人にはドアのこと言ってくれてますよね」

「え？　知らんよ、そんなん。それよりも長谷さん。やばいわ。オーナーが飛んだ」

「飛んだ？」美里はゴム手袋をして、猫砂用のスコップを持っている。「飛んだって、どういうこと？」

「逃げたってこと。破産したらしいわ。仕入れの支払いも、ここの賃料も溜まってるのは知ってたけど、なんとかなるって言われてたの。でももう、二人の給料も出せへんわ。悪いけど、文句はオーナーに言うて」

麻生は蒼褪《あおざ》めている。美里は困ったようにチラと青を見たが、すぐに優しく麻生に話しかけた。

「なあ、麻生さん。オーナーは今どこにいるの？　連絡先は知ってるんやろ？」

「知ってるけど、何回掛けても電話に出ないの。銀行の預金も凍結されたから、仕入れも止まる。餌もペットシートも、何も入らへんし」

「ちょっと！」

青はきつく言った。麻生が目を丸くしている。

「仕入れが止まるって、どういうことですか。今ある在庫だけやと、餌は三日も持たないですよ」

「そ、そんなん、私に言われても」

明らかに迷惑そうな言い方だ。

青は一瞬で頭に血が昇った。こうなると、相手が誰であれ止まらない。

「麻生さん、オーナー代理やって自分で言うてたやないですか！　支払いが溜まってるの知ってて、なんで今までほっといたんですか！」

「な、なんなん、その言い方。誰に向かって言うてるのよ」

「あんたや、あんた！」青は怒鳴った。「もっと前から貰い手探すとか、オーナーを捕まえて責任取らせるとか、できることいっぱいあったやろ。いくら自分の家族が大事やからって、ここの猫のことも考えてあげるべきやろ！」

大きな声で言うと、麻生は顔を引きつらせてブルブル震えた。見る間に涙をためる。

「そんなん言うたかって、私も詐欺に遭ったみたいなもんや。よそに店出すからって出資もしたのに、持ち逃げされて、ダンナになんて言うたらええの。猫も……どうしよう。長谷さん、猫、どうしよう」

床に膝をつく麻生に、青は舌打ちしたくなった。具体的に何が始まり、何が止まるのかわからない。だが、明日も猫には同じだけの世話がいる。餌にブラッシングに、運動に耳掃除。破産なんて関係ない。

「青ちゃん。あんたはもう帰りなさい」

「え？」美里に言われ、青は驚いた。「な、なんで？」

「あんたは関わり合いになったらあかん。これは大人が招いた失敗や。私も、無関心すぎた。猫は全部よそに引き取ってもらうわ。無理やったら私らでなんとかする。ねえ、麻生さん」

だが、麻生は俯《うつむ》いたまま何も言わない。

青は無性に腹が立った。てっきり頼られると思っていた。今まで懸命に世話をしてきたのに、いざという時には子供扱いだ。悔しくて美里を睨む。

「信用できません。だって美里さんの家、マンションでしょう。動物飼えないって言うてたやん。ここには十匹も猫がいるんですよ。すぐに餌もなくなる。ビルも出ていかなあかんのやったら、この子らはどこに行くんですか？」

興奮と怒りのせいで、軽く震えがくる。青はわななく唇を噛み締めた。

美里は目を逸《そ》らしている。

「一時的でもいいから預かり先を探すわ。もし見つからへんかったら、市か区に助けてもらう」

「保健所ってこと？　そこに連れていかれた子は、どうなるんですか？」

「少しの間やったら預かってもらえるはず。でも、もしかしたら遺棄《いき》とか虐待とか、色々問題にされるかも」

すると、それまで俯いていた麻生が甲高《かんだか》く怒鳴った。

「虐待なんかしてないやん！　なんでそんなに話を大きくすんのよ！　ただ経営に行き詰まっただけやろ。私らも被害者やんか」

「被害者は猫やで。麻生さん」美里は疲れたように言った。「青ちゃんはもうここへ来ないで。警察に捕まったら嫌やろう？」

「そ、それは」

急に、言葉に詰まる。怯《ひる》んでしまったことが情けなくて、唇を噛む。それでもその場から動かずにいると、美里は諦めたのか、ため息をついた。

「わかった。でもとりあえず今日は帰って。破産か倒産か、どっちにせよやらないとあかん処理があるはずや。どうなるか決まったら連絡するし」

「その間、猫の世話は？」

「私と麻生さんで見るよ。ね、麻生さん」

美里に言われて、麻生は渋々といった感じで頷く。

もう違うのだ。向こうの理屈と、こっちの感情が合わない。青は納得できないままにビルを出た。あまりにも早足で歩くので、すれ違う人が驚いている。家に戻るとすぐ自分の部屋に引き籠った。どうして黙って引き下がったのか。どうしてあの子たちを残したまま、帰ってきたのか。昔よくそうしたように、布団を頭から被り内側に籠る。

でも、何ができた？　あそこで私が粘っても、時間が過ぎていくだけだ。逃げたオーナーも捕まらないし、餌代が降ってくるわけでもない。結局は大人に任せるしかないのだ。

母親が夕飯だと呼びに来ても無視した。今、顔を合わせると口論になる。喧嘩したくなければ、最初から接触しないのが一番いい方法だと知っている。

誰とも会いたくない。何も考えたくない。悪寒がするのは精神的なものだ。弱いとか、軟《やわ》いとか、冗談じゃない。

ひたすら家族との接触を避けて、食事も一緒に取らない。以前、高校へ通っていた時と同じだ。家族は顔を見れば、教師への態度の悪さや成績不振の理由を問い質《ただ》して、答えを見つけようとする。

結局、あの時は何も答えられずに学校を辞めてしまった。答えを探さなかったことに後悔はない。だが今は、自分への問いが湧いてくる。

どうして猫たちを置いて帰ってきたのか。何かできることがあったのではないか。

青は片時もスマホを放さずに画面を凝視していたが、翌日も連絡はなかった。ブリーダーの破産がどういう状況なのか、ネットで調べても漠然とした情報しか出てこない。

「破産……」

ふと検索中に思い出した。自室を出ると、隣の部屋のドアをノックする。出てきた姉の緑《みどり》は、青を見て目を丸くした。

「うわ。青ちゃん」

驚くのは当然だ。同じ家の中ですれ違うことはあるし、話しかけられたら最低限の返事はする。だが青が自分から姉に近付くのは数年ぶりだ。

緑はむず痒《がゆ》そうに口元を緩《ゆる》めている。どういう表情をすればいいのかと、躊躇《ため》らう心境が伝わってくる。

姉の顔を真正面から見たのは久しぶりだ。五つ年上の緑は美人で女性らしく、京都の国立大学を出て、有名企業で働いている。青と違って完璧だ。

青はそんな姉から目を逸らせた。

「ちょっと教えて。だいぶ前にバイト先の居酒屋が潰れたことあったやんね」

「え？　居酒屋？」

「店に行ったら、鍵がかかってて入れなかったって。あれって破産したの？」

「え？　え？」と、緑は混乱している。「ええと、大学の時にバイトしてたお店のことやんね。あれは破産っていうか、夜逃げみたいな感じ。経営してた人がいきなりお店を閉めちゃったの。誰も知らされてなくてびっくりしたよ」

「そのあとは？　店は誰かが再開した？」

「ううん。お店にあった用具は全部持っていかれて、営業できる状態じゃなかったもの。多分、差し押さえやと思う。青ちゃん、どうかしたの？　今、寺町《てらまち》の近くでアルバイトしてるってお母さんから聞いたよ。何かトラブル？」

緑は心配している。姉は穏やかで優しく、誰にでも親切だ。もう数年もまともに口をきいていない青のことを、真剣に気にかけている。事情を説明すれば力になってくれるはずだ。

だが頼るつもりはない。完璧な緑と比べられて、家でも学校でも惨めな思いをしてきた。悪いのは姉ではなく、乗り越えられなかった自分だ。それでも子供の頃のようにまっすぐに姉の目を見ることはできない。

「別に」と青は素っ気なく言って、自分の部屋に戻った。バイト先の話を聞いても、不安は消えない。中京ニーニーズには持っていくほどの物はなかった。あるとすれば、猫くらいだ。

次の日も連絡はなく、青から美里に電話したが出なかった。きっと後処理とやらが忙しくて出られないのだ。無理やり自分に言い聞かせたが、二日続けてほとんど眠れなかった。

翌日、青は中京区にある古臭いビルの前にいた。見上げると、表通りに面しているのに陰気だ。最初に来た時は何も感じなかったが、よく平気で入れたなと思う。まだ連絡はない。どうしても我慢ができずここまで来てしまったが、体調は最悪だ。測らなくても、高熱があるのはわかる。

五階フロアまで階段を昇ると、ガランとした廊下を見る。一番奥の部屋なら、通りに向かって窓がある。そこなら開放的でよかったのにねと、美里と話していたのを思い出す。

ドアノブを回して、ギクリとした。固い。鍵がかかっている。もう退去させられたのかと冷や汗が噴き出す。

だが強く回すと開いた。このビル自体が本当にムカつく。陰気なだけではなく、ドアの建付《たてつ》けも悪い。

開けるとすぐに異変に気付く。

明かりは点《つ》いていて、中に麻生がいた。青を見ても驚かず、ウンザリしたように息を吐く。

「鳥井さん、もうここへは来ないように言うたやろ」

「ひどいでしょう、これ」

青は愕然《がくぜん》として言った。悪臭に顔が歪《ゆが》む。

猫はすべて個々のケージに入れられていた。どのケージもひどい。敷かれたシートは噛み千切られ、中は糞尿まみれだ。

「なんで掃除してへんのですか？　一日……、もっとしてないでしょう。餌はあげてますか？」

「もうないよ。水は、さっき」最後は聞き取れない。麻生は暗い顔で、段ボール箱に書類やノートパソコンを詰めている。

この人、頭がおかしい。憤《いきどお》りのせいで目が回る。

「美里さんは？ 餌がないなら、すぐに買いに行ってくださいよ」

「ここの口座はもう空っぽや。悪いけど、鳥井さんも給料諦めてね。あと、長谷さんは逃げたよ。あのあと、一回も来てない」

「え……」

「猫は三匹、知り合いが引き取ってくれた。開けてない餌の袋は、その人らにもってもろたよ。可愛がるって言うてくれはったから、よかった。プラのキャリーもあげてしもた。会社の物やから、ほんまやったらあげたらあかんのかな。でも、トイレとかお皿とかも、なんにも持ってへんって言わはるから仕方ないやん。猫を引き取ってもらえるんなら、全部持っていってほしい。でももう、あげれる物はなんにも残ってないねん。お金も餌も」

麻生は喋りながら、段ボール箱を閉じている。

逃げるのだ。猫を置いて。

ケージを見ると、どの猫も様子がおかしい。落ち着きなく行き来している子、ガリガリとケージを掻いている子、ぐったりと寝ている子、汚れている子。

頭がぼうっとする。ひどい臭いだ。だが、今するべきことは鼻を摘まむことではない。

青は部屋を飛び出した。寺町通を越え、新京極通も越え、繁華街の中では珍しくペット用品が揃う量販店へと駆け込む。買えるだけ猫用の餌を買うと、大急ぎでビルへ戻った。

部屋にはもう麻生の姿はなかった。施錠もせず、明かりも点け、猫もケージに入れたままだ。

何日、食べさせていないのだろう。猫は餌の袋を見た途端、大鳴きをした。普段ほとんど鳴くことがない大人しい猫まで騒ぐ。

「ちょっと待ってて。ちょっと待っててね」

皿に餌を盛る手が震える。ザラザラと床に零《こぼ》れる。手順や清潔さは後回しだ。ケージの扉を順々に開ける。

「チョコ、おいで。ミーコ、よしよし」

抱いて床に下ろすと、猫は大きく身震いをする。どの猫も綺麗だった毛は汚れている。

「ほら、コクベエ。あんたもや」

黒猫を床に下ろすと、のそのそと他の猫にまじって餌を食べ出す。最後に白猫のシロをケージから抱き上げる。シロは軽くなっている。

「シロ、あんたも食べや。大丈夫やで。たくさんあるからな」

シロは小さい声でニャアと鳴いた。すぐに餌の皿には向かわず、青の足に頭をこすりつける。目を閉じ、耳を折り、力強くこすりつけてくる。

「シロ、ご飯食べて。食べていいんやで」

軽くなった体を持ち上げて、餌の皿のそばに置く。シロはきょとんと見上げて、ようやく餌を食べ出した。

青は毎日のように、シロをブラッシングしてきた。白い毛が好きで、その美しさを保てるように他の猫より丁寧に梳《と》かしてきた。だからシロは、おなかが空っぽなのに毛繕いをしてもらおうとする。

白い毛並みを美しいと思うのは、人間だけだ。外では、この子は目立ちすぎて生きていけない。

「シロ……」

ひどい悪臭だ。部屋の奥にある換気扇だけでは臭気を追い出せない。閉め切ったこの空間がすべてだ。この子たちは外では暮らせない。

大人を信じて、裏切られた。美里も麻生も逃げ出した。でも自分だけでは解決できない。

誰かに助けを求めなくては。

誰かを頼るのだ。

青は震えながらスマホを取り出した。京都市内の保健所のホームページを見ても、どこが管轄《かんかつ》なのかわからない。見つけた電話番号に掛け、コールの間、頭をかすめる。もしかして名前を聞かれる？　未成年ではないが、自宅へ連絡されるだろうか。中京ニーニーズがどういう状況になっているのかまったくわからない。破産か倒産か。オーナーの名前だって知らない。

電話が繋がり、向こうで誰かが何かを言っている。どこの係に掛けていて、どこに回してもらえばいいのかわからない。

遺棄、虐待、警察。大人は逃げた。責任は誰が取る？　今いるこの子たちを、全部引き取れと言われたらどうしよう。家に連れて帰れない。連れて帰れるとすれば。

青はシロを見た。他の猫にまじって餌を食べている。泣いているので、唇がブルブルと震える。

「中京区の……六角か、蛸薬師の間の通りです。猫が閉じ込められてます」

青はスマホを両手で強く握り締めた。このビルの前の通り。通りの名前なんか、知らない。

「細いビルの五階です。助けてあげてください」

電話の向こうで何かを言っている。怖い。自分のスマホで掛けるんじゃなかったと、後悔する。一匹だけなら連れて帰れる。親には文句を言われるだろうけど、一匹なら、なんとかなる。

じゃあもう一匹だけなら？

大人しい子ならいい？　手間のかからない子なら、何匹まで？　一匹が許されるなら、二匹も、三匹もいいんじゃないだろうか。

せめてシロだけでも――。

そんな思いはすぐに振り払う。猫の世話が大変なのは、もう知っている。

青は電話を切った。保健所には電話をした。あと、自分に何ができるか今はわからない。

でも、明日も来よう。このまま誰も助けてくれなかったとしても、ずっと面倒を見に来よう。

涙をぬぐって掃除をする。水をやり、糞尿の始末をする。猫をそれぞれケージに戻した時には、色んなことがあり過ぎたせいか全身汗だくだ。手が震えている。

「大丈夫、大丈夫やで。明日も来るからね。待っててな。絶対に来るからね」

ケージの中から猫たちが見ている。どの猫も、どうしてもっと遊んでくれないのかと目が語っている。ブラッシングしなくていいの？　爪切りは？

青は逃げるようにして部屋を出た。ビルからも駆け出る。どの猫も、選ぶことはできない。シロだけ連れて帰るなんてできない。

自分のわずかな貯金だけではすぐに底をつく。家に帰ったら両親に相談しよう。飼うのは無理かもしれないが、すべての子の貰い手が決まるまで、餌代を出してくれるようにお願いしよう。

体が怠く、帰りのバスでは手すりを持たなければ乗降口まで足が上がらなかった。席に座るとすぐに瞼が重くなる。

「ねえ、ちょっと、大丈夫？」

遠くから誰かが声をかけてくる。女の人の声だ。

とても眠い。バスの揺れに合わせて体も揺れる。周りで誰かが騒いでいるが、青は目を閉じたまま暗闇に吸い込まれていった。

意識が戻った時、すさまじい頭痛と吐き気で何も考えることができなかった。

自分の力で起き上がれるようになったのは、バスの中で倒れてから五日後だ。肺炎が重症化し、敗血症性ショックを引き起こしていた。急激な血圧低下で意識が混《こん》濁《だく》していたが、臓器への障害はなかった。

朦朧《もうろう》としている間も、残された猫たちを忘れはしなかった。自分ではあのビルのことを伝えているつもりだった。

だが、うわ言ばかりで、親にも看護師にも伝わってはいなかった。スマホの充電も切れていたので、誰かから電話があったとしてもわからない。美里と麻生に掛けてみたが、二人とも出ない。

現状はどうなっているのだろうか。まだ体力が戻らず足がふらつく。それでも青は病院を抜け出した。

バスに揺られながら、握り締めた自分の拳に向かって絶対に大丈夫だと唱える。美里も麻生もひどい人じゃない。何日も猫を放置したらどうなるかくらい、わかっているはずだ。

それに、保健所にも電話をした。きっと猫を保護してくれている。絶対に大丈夫だ。大丈夫でないなんて、そんなことはあり得ない。許されない。

大通りでバスを降り、細い通りを折れ曲がる。京都の道はよく碁盤の目というが、そんなにわかりやすくはない。建屋の隙間を埋めるような小さいショップは目印にならないし、ふと現れる道とは言えない細い通路。入りにくいし、見つけにくい。まだあのビルはマシなほうだ。少し奥まってはいるが表通りに面しているのだから。

ビルの入り口はいつものように開いていた。奥まで廊下が突き抜けている。青はそっと中を覗き見た。何も変化はない。テープや張り紙で封鎖されている様子も、騒ぎが起こった形跡もない。静かだ。周辺には通行人さえいない。まるで時間が止まっているみたいだ。

不安で地に足が着かないまま、中に入って階段を昇る。このビルはやけに壁は分厚く、重いドアのせいで各部屋の音は外へ漏れにくい。

それでも、いつもは近くまで来ると猫の鳴き声が聞こえていた。よく苦情が来ないなと、階段を上りながら思ったものだ。

「うう……」

青は唇をきつく噛んで、嗚咽《おえつ》を飲み込んだ。

もう、何も聞こえない。四階の踊り場で足を止める。臭いがここまで漏れ出ている。

保健所は来てくれなかったのか。電話した先が間違っていたのだろうか。結局誰も頼りにならない。どうして誰も助けてくれなかったんだろうと、歯を食いしばる。

――いや、そうじゃない。

なぜ、這ってでも来なかったのか。

あの時、シロだけでも連れて帰ればよかったのか。一匹だけなら助けられた。他の子をすべて見捨てても、そうするべきだったのだろうか。

膝がガクガクと震える。怖い。見たくない。

だが一歩ずつ足を出して、部屋の前まで来た。臭いは尋常《じんじょう》ではない。覚悟を決めてドアノブを掴む。両目をギュッとつぶり、ノブを回した。

だが回らない。

鍵が掛かっている。

「な、なんで」

慌てて金属製のドアを両手で叩く。だがバンバンと大きな音が廊下に響くだけだ。

愕然とした。数日前、青がこの部屋から出た時には鍵は開いたままだった。麻生と美里がそれぞれに鍵を持っているが、放置はしても、閉じ込めるとは思いもしなかった。

「どうしよう。どうしたら」

ドアは重厚で、破れるわけがない。

窓は？　隣のビルから壁を登れる？　駄目だ。危なすぎる。

半ばパニックになりながら、周りを探す。このフロアは空き室だらけだ。下の階にいって、全部のドアを叩けば誰かいるかも。

ハッとした。空き室。突き当りの部屋は無人だ。

バイトの最初の日、ビルを見上げた時にそれがわかった。震える足で階段を下りると、外に出る。五階の窓の内側に『テナント募集』の案内が見えた。管理会社の電話番号が載っている。よく見れば、ビルの正面外壁にも『中京ビルジング』と古めかしい看板が貼り付けてある。

連絡先がわかったものの、賃料が溜まっていたはずだと気付いた。逃げたテナントの従業員だった青が管理会社に開錠を頼むのはおかしいのだろうか。猫なんて無関係だと突っぱねられるかもしれない。

考えついたのは、近隣を装っての苦情だ。管理会社へ電話をすると、自分は名乗らず、ビル名と、臭いがひどいので、すぐに来てくれるように念を押す。何度も念押しして電話を切った。

青はコソコソと小さくなりながら、向かい側の建物の隙間に隠れた。じっとして、ビルの入り口を見続けた。

もっと前にこうするべきだった。オーナーが飛んだと麻生が騒いだ時、行動を起こすべきだったのだ。怖いからと目を逸らせた自分も同罪だ。

どのくらい待っていたのかわからない。辺りが暗くなり、ポツポツとビルや店に明かりが灯る。

これ以上待つことはできないと、スマホで検索をする。猫を助けてくれそうな施設。中京区へ来ることができる範囲にあって、猫を保護してくれる団体。いくつか情報が出てきて、その中のひとつを閲覧すると、施設案内や掲示板を読む。

「『保護猫センター都《みやこ》の家《いえ》』は、月一回、猫の譲渡会を行っています……。猫の専門。保護した猫を、次の飼い主へ引き継いでくれるところ……。市内の外れやけど、同じ京都やし、助けてくれるかもしれない」

青は保護センターへ電話を掛けた。何度もコールするが、なかなか出ない。やはりここも駄目だと切ろうとした時、繋がった。男の人の声だ。やる気のなさそうな、少し鼻にかかった高い声。

「はい、保護猫センター都の家です」

「あの」

青は緊張した。本当にここが最後だ。ここが駄目なら、警察だ。

「猫が、何日も閉じ込められてるんです。中京区の、六角と蛸薬師の間の通り……」

しまった、また住所が分からなかった。現在地を調べてから電話をすればよかったのだ。なんて馬鹿なんだろうと、顔を歪める。

何か特徴は。

一度、通りを間違ったことがあった。あの時に見た風景が微かに頭に残っている。

「中京ビルジングっていう、五階建ての細いビルの一番上です。奥から二個目の部屋。えっと、寺町が近いです。烏丸《からすま》よりはだいぶ内側に入って、真裏に病院があります。古い家みたいな病院です」

束の間、電話の向こうが静まり、端的な言葉が返ってくる。

「心《こころ》先生の病院かな？」

「え？　さ、さあ、心の病院かどうかは、わかりません」

「中京区にある、須田《すだ》病院の裏あたりやね。すぐ行きます」

電話は切れた。今までの誰よりも、緊迫した声だった。

青は建物の隙間で膝を抱えてうずくまっていた。少しして車の音に顔を上げると、白い軽自動車がビルの前に停まった。軽自動車には賃貸会社のステッカーが貼ってある。ネクタイをした中年男性が下りてきて、ビルへと入っていった。青は固唾《かたず》をのんで見守った。

管理会社の人だ。もしかしたら鍵を開けて部屋の中を見たあとでも、平然として出てくるかもしれない。

そんな淡い期待は一瞬で消えた。男性は血相を変えて飛び出してきた。ひどく慌てながらスマホで電話をしている。車に乗ってしまったので内容はわからないが、顔面蒼白だ。何を見たのか、想像は追い付かない。

もう一台車が停まった。配送でよく見かける白いバンだ。ドアが開いて、男性が下りてくる。

保護センターの人だと直感でわかった。男性の動きは速く、後部を開けると大きなショルダーバッグを両肩に掛けた。ビルに入ろうとする彼を、軽自動車から出てきた男性が引き留める。

「臭いの件で電話くれはった方ですか？」

「いや、僕は」

保護センターの男性は驚いたようだが、すぐに表情を硬くした。

「ここの五階に猫が閉じ込められてるって通報があったので、保護に来ました。管理人さんですか？」

「管理会社の者ですが、もう保護っていうレベルでは」

保護センターの男性は一瞬、苦しそうに顔を背けた。だがすぐに毅然《きぜん》と言った。

「このビルの裏にある須田心先生を呼んできてください。梶原《かじわら》が呼んでるって言うたら、わかるんで」

そして自分はビルの中へ飛び込んでいく。言われた男性はオロオロしながらも、小走りで通りからいなくなり、次に現れた時には白衣を着た初老の男性と一緒だった。足元はビニールのサンダルで、頭はボサボサだ。二人でビルに入っていく。

青だけが、何もできずにいた。身を潜《ひそ》めて、じっと見つめるだけだ。

しばらくすると、ビルの入り口から呻《うめ》くような声がした。青は体を固くした。猫の鳴き声。低く悲痛な声だ。センターの男性がキャリーケースを抱えて出てくる。ケースの中で大暴れしているのは真っ黒い猫だ。

「コクベエ」

涙が溢《あふ》れた。続いて出てきた管理会社の男性もキャリーケースを持っている。横たわっている猫の毛色は三色だ。

「ミーコ」

次に白衣の男性がケースを持って出てきた。

「梶原君、君のその手、病院行かなあかんわ」

「あとで行きます。先にこっちを。車で運びましょう」

センターの男性はバンの後部を開け、奥へと乗り込んだ。彼の腕は血で真っ赤だが、そんなことはお構いなしだ。管理会社の男性と協力して、キャリーケースを詰め込んでいる。二度、三度と、ビルから車へとケースが運ばれた。騒がしさで周囲に人が集まっているが、誰も手伝おうとはしない。遠巻きに見ているだけだ。

白衣の男性がキャリーケースを持ってビルから出てきた。五階まで何往復したのだろうか。ぜいぜいと息を切らせている。

「この子で最後や。なんとかならへんか。頑張れ、頑張れ」

そう言ってセンターの男性に手渡す。一瞬だけ、バンの後部へ積まれるキャリーケースの中が見えた。

シロの体は、もう真っ白ではなかった。

「シロ、シロ、シロ……」

心が割れそうだ。痛くて、痛くて、息をすることができない。

センターの男性が運転席に乗り込み、助手席に白衣の男性を乗せ、バンは行ってしまった。集まっていた人もバラバラといなくなる。管理会社の男性だけはその場に佇《たたず》んでいる。

「参ったな。なんちゅうひどいことしよるねん。こんなん、事故物件みたいなもんや」

大きなため息をついて、軽自動車へ乗ると、またどこかへ電話をしている。

あとは、騒ぎなどなかったような静寂だ。人影もなく、ビルの入り口はいつものようにぽっかりと開いたままだ。今もまだ五階にはたくさんの猫がいて、青が来るのを待っている。そう思いたければ、そう思えるほど何も変わらない。

だが、どの子もいない。いなくなってしまった。目の前で起こったことは真実で、五階にもう息吹《いぶき》はない。

それは自分のせいだ。

乾き切り、涙も出ない。青はその場を立ち去った。

＊

「青ちゃんだよね？」

レジで会計を済ませたばかりの女性が声を掛けてきた。

青は伏せていた目を上げた。さっきから見つめられていると感じていたのだ。気付かない振りをしていたが、女性の顔には見覚えがある。

「私、笑里《えみり》。覚えてへんかな。中学一緒やった、古賀《こが》笑里」

「ああ……」

青は虚ろに答えた。笑里の変わっていない笑顔に、懐かしさを感じる。中学二年の時、同じクラスだった。好きな漫画が一緒で、その話でよく盛り上がった。クラスが分かれたあとも、見かければいつも手を振ってくれる人懐こい子で、今もまるで時を飛び越えたように屈託がない。

「久しぶり。私、滋賀県の大学行ってるねん。このファミレス、たまに来るんやけど、青ちゃんがいるの気付かへんかったわ」

「私、いつもは調理場やから」

青はボソボソと言うと、目を逸らせた。ここでアルバイトして半年だが、ホールへは滅多に出ない。客は大勢いて、他にも店員がいるのに、たまたま知り合いの会計を受けるとは運が悪い。

しかも、わざと地元を避けた滋賀の湖西《こせい》線沿いで同級生に出くわすとは。バツの悪い青に気付かないのか、それとも青が昔から不愛想なのを知っているからか、笑里は嬉しそうだ。

「青ちゃん、SNSやってる？　連絡先教えて」

「私、見る専門やし」

曖昧《あいまい》な言い方は、断りにならなかったようだ。笑里は自分のスマホを出してきた。入り口で連れが待っているようで、そっちのほうも気にかけている。

仕方なく、青は自分のスマホを出して連絡先を交換した。どうせその場限りだ。誰とも付き合いは長続きしない。

「あの漫画、まだ続いてるよね。すごいよね」笑里が明るく言った。「青ちゃんの推しキャラ変わってない？」

「う、うん」

「私も」

笑里は中学生のように笑うと、行ってしまった。そのあと、青は落ち着かなかった。黙々とホールの片付けや調理をこなしながらも心がざわつく。くすぐったさと不快さが入り混じったざわつきだ。

人と関わるのは苦手だ。掛け持ちのアルバイトは工場の部品ピッキングやホテルの掃除など、どれも最小限の対面で済むものばかりだ。このレストランも基本は調理と皿洗いで、客前に出ることはほとんどない。

一区切りついたので奥にある休憩室へ向かうと、後ろからパート社員の松尾《まつお》が声を掛けてきた。

「鳥井さん。いきなりホールに入ってもらって、ごめんね。ほんま助かったわ」

そう言って手を合わせる。その腕には絆創膏《ばんそうこう》やガーゼが貼られている。

松尾は四十歳くらいの女性で、普段はホール係だ。明るくて、いつも客の来店時には大きな声と笑顔で出迎える。愛想のない青にもよく話しかけくれる気さくな人だ。

今日バイトに来ると、その松尾の額には大きな絆創膏が貼られていた。この顔では客前に出られないからと交代を頼まれ、急遽ホールに入ったのだ。お陰で同級生に出くわし、気まずい思いをした。

二人は休憩室へ入った。中には誰もいない。青はいつも一人で隅っこに座り、スマホで時間を潰す。今日は松尾が向かいに座った。話がしたいらしく、深々とため息をついた。

「絶対訳ありの怪我やと思われてるやろな。みんな、何回説明しても苦笑いやもん。でもちゃうねん。ほんまに、猫にやられてん。ほら、見てよ」

そしてガーゼを捲《めく》ってみせる。赤い線のような引っ掻き傷が無数についている。

青は痛ましさに目を眇《すが》めた。

「朝も見ましたよ」

「そうやったっけ？　これ、傷跡残るかな。腕はええけど、おでこは参った。前にうちにいたデッカちゃんは琵琶湖でバーベキューしてた時に拾った迷い猫でね、すごく大きいけど大人しい子やったの。寝転がったおなかを撫で放題で、猫っていうか、ほぼ座布団やったわ。でも今度の子は全然性格違うねん。鳥井さん、猫飼ったことある？」

「私は……」青は顔を背けた。「ありません」

あの日から、もう三年近く経っている。行き場のない怒りの矛先《ほこさき》が家族に向かいそうで、青はすぐに実家を出た。高校を中退する前から両親とはうまくいっていない。むしろ離れるきっかけができてよかったと思う。

今はアパートで一人暮らしをしている。休みなくアルバイトをする多忙な日々だ。どのバイト先でも、個人的に話すことはあまりしない。このファミレスでもそうだ。シフトチェンジを頼まれるまで、松尾が猫を飼っているのを知らなかった。

「今、うちにいる子は福《ふく》ちゃんっていうの。少し前まで野良猫やったらしくて、警戒心が強いねん。デッカちゃんが大人しかったのは元々の性格もあると思うけど、飼い主さんが、人間は優しいんやでって教えてあげたんやろな。福ちゃんは人間を信用してないの。でも、ほんの少しだけ距離が近くなって……と思ったら、おでこ引っ掻かれたけどね。時間があれば、もっと仲良くなれた気がする。明日が最後なんて、福ちゃんにも逆に可哀そうなことしたかもしれへん。うちにいたいと思ってくれてる気がするもん」

松尾は切なそうだ。いつもの明るさがない。青は訝《いぶか》った。

「明日で最後って、どういうことですか？」

「鳥井さんって京都出身やんね。京都の住所ってほんまにわかりにくいよね。麩屋《ふや》町《ちょう》通を上るとか、富小路《とみのこうじ》通下るとか。六角《ろっかく》通西入るとか、蛸薬師《たこやくし》通東入るとか。行きつくのに苦労したよ。見落としそうな細いビルなんやもん。福ちゃんはそこから十日間だけ預かったの。明日返しに行くねん」

ぞわりと、嫌な寒気が背筋を走る。

今なら通りの名でピンとくる。恐らくあそこに近い場所だ。だが、細いビルなん
ていっぱいあった。どれも似たような造りだった。

青は何も言わなかった。松尾が追い打ちをかける。

「今どき、エレベーターもない古いビルで」

古いビルのほうが多い。あの辺りは、古いビルだらけだ。

「しかも五階。明日も、福ちゃん連れて階段上がらないとあかんのが憂鬱《ゆううつ》やわ」

寒気が増していく。

あのビルの五階で、猫を預かった？

「……奥から二つ目ですか」

「あら、知ってるの？」

「多分」

ため息が震える。

青は動揺した。あの日、猫たちは車で運ばれていって、それで終わりだと思い込
んでいた。

だがもしかして、中京ニーニーズは無くなっていないのだろうか。

「あそこ、不思議な場所やね。デッカちゃんにそっくりな猫を貼られたっていうおじいさんに教えてもらったの」

「あの部屋で猫を飼っているんですか？」

「飼ってるかどうかは。でもいるよ。福ちゃんはカーテンの裏から連れてきはったし」

「猫がいる……」

青は呟くと、唇を噛んだ。偶然だろうか。たまたま同じ部屋で、誰かが猫を飼育している。しかもよくわからない目的で。

松尾はきっとあの部屋で起こったことを知らない。知っていたら、近付かなかっただろう。忠告するのはお節介だ。気にすること自体が偽善だとわかっている。

青は首に掛けたネックレスの先を指で撫でた。ステンレス製の小さなカプセルの中にはシロの乳歯が入っている。これを身に着けることは自分への戒《いまし》めだ。触れるたびに息が苦しくなる。

今度こそ逃げるな。シロがそう言っている気がする。

「松尾さん、明日、あのビルへ行くんですか」

「うん。寂しいけど、返しにいかないと」

「私も付いていっていいですか」

「鳥井さんが？　なんで？」

「もしあそこで猫を飼っているのが私の知ってる人たちなら、見ておきたいんです。今どうなっているのか」

あれは三年も前の出来事だ。

当時の猫たちが助かっていたとしても、ビルにはいない。万が一いたとしても、あの時助けてあげられなかった青を待ってはいない。

それでも、もうどの子も取り残されていないか、確かめに行かなくては。

三条《さんじょう》駅で降り、地上の三条大橋で待っていると松尾がやってきた。

松尾はキャリーケースを両手で抱え、そして両側には子供を連れていた。男の子は小学校低学年くらいか。女の子はもっと小さい。それぞれ松尾の服の端を摑んでいる。

「ごめんね、子供らがどうしても来たいって言うから。こっちが春馬《はるま》で、こっちが優愛《ゆあ》。このお姉ちゃんはママのお友達の鳥井青ちゃん。ほら、こんにちは」

松尾に言われて、二人は頭を下げた。青のほうは固まっている。福ちゃんという猫を連れてくるのはわかっていたが、子供は想定外だ。子供は苦手だ。どう扱えばいいのかわからない。

二人の子供が青の両側についた。なぜこっちに来るんだと、青は当惑した。松尾は猫の入ったケースを重そうに抱えて、先へ進んでいく。子供二人は競うように青に話しかけてくる。

「なああ、僕、福ちゃんって漢字で書けるねん。見してあげよか」

「私かって、書けるよ。福ちゃんの絵も描いたよ。見たい？」

「ユウちゃんのは、ひらがなやんか。僕のは漢字やで。見してあげよか」

「ユウのも見してあげるよ。見たい？」

二人が何を要求しているのか不明だ。青はひたすら、二人が転ばないか、自転車にひかれないかを気にかけていた。服の端を引っ張られるのは嫌だ。袖が伸びる。だが見失うよりはマシだ。松尾の背中を追いながら、三人並んで歩く。

京極通から寺町通へ入り、アーケードを少し歩くと、六角通へ折れた。

ああ、やっぱりだ。わかってはいたが落胆する。松尾が向かったのは、麩屋町通にある『中京ビルジング』だ。外観は一つも変わっていない。細く古臭い五階建てのビル。

違っているのは、一番上の窓にテナント募集の張り紙がなく、ブラインドが下りていることだ。外側の部屋は入居したらしい。

松尾は首を傾げている。

「変なの。こんな場所やったかな。路地の奥やと思ってたけど」

不思議そうに入り口を覗き込む。開きっぱなしも、以前と同じだ。松尾はビルに入る前に振り返った。

「春馬、優愛。今から福ちゃんを返しに行くけど、ここでお姉ちゃんと待っててもいいで」

すると二人は青を挟んで顔を見合わせた。

「僕、行くで」

「ユウも。福ちゃんにバイバイする」

「私も行きます」と、青も言う。四人が入ると細い廊下はギュウギュウだ。階段を上がるのは子供のほうが速かった。あっという間に先に登っていく。青は階段の途中で振り返った。松尾は三階で息が上がっている。

「松尾さん、ケース持ちます」

「ほんま？　ありがと」と、松尾は腰を叩いている。蓋《ふた》の編目から見える猫は耳の先が白毛交じりの雑種で若そうな顔付きだ。

「この子、何か月ですか？」

「えっと、説明書には、八か月って書いてあった」

八か月の猫。いつも一緒にいた仲良し三匹組も、確かそのくらいだった。

五階フロアは変わっていなかった。どの部屋のドアも塗装が所々剝げている。ひと気はなく、静かだ。鳴き声も匂いもしない。

青は猫入りケースを持ち、奥から二つ目の部屋の前に立った。中がどうなっているのか開けるのが怖い。

「ユウちゃんが開けたげる」と、優愛がドアノブを摑む。すると春馬もその上から摑んだ。

「僕が開けたげるわ」

「ユウちゃんが開けるの」

「僕が開けるねん」

二人がドアノブの取り合いをしていると、廊下の先から声がした。

「もしかして、内見ご希望でしょうか？」

振り向くと、若い男性が階段を上がってきたところだ。潑剌《はつらつ》とした笑顔で寄って来た。

「ナイスタイミングですね。ちょうど今、別のお客様をご案内したばかりなんですよ。いい物件でしょう。少し古いですが、立地もいいし、この条件にしては格安ですよ。壁紙とフロアは張り替え済みで綺麗ですよ。どうぞ」

男性はニコニコして子供たちと一緒にドアを開けた。

視界がパッと明るくなる。ドアの向こうには何もない部屋があった。正面に大きな窓があり、外からの光が壁や床の白さを引き立たせている。男性は松尾と青に名刺を渡した。

知っている賃貸業者だ。青が電話をして、この会社のステッカーを貼った軽自動車がやってきたのは三年前だ。

今いる業者の男性は、あの時の担当者よりも若い男性だ。愛想のいい顔で、北側の窓を開けた。

「こっち側の窓から明かりが入るし、見晴らしもいいですよ。さっきのお客様も検討中なので、早い者勝ちですよ」

子供二人はガランとした部屋が珍しいのか、はしゃいでいる。青は部屋を見回した。まるで初めてここへ来たような感覚だ。何もなければこんなに広かったのだ。

松尾も部屋の真ん中で茫然としている。

「なんで？　ここに受付とか一人掛けのソファがあってん。診察室にも入ったんやで。変なお医者さんがいて、私、喋ったもん。それで福ちゃんを処方してもらったのよ。あの先生が十日って言うたから、ちゃんと来たのに」

松尾が嘘をついているとは思わない。彼女にとってはここで、そういうやり取りがあったのだろう。追及して辻褄《つじつま》合わせをするよりも、大切なのは今だ。

今、実際に猫がケースの中にいる。人間の手に行き場を委《ゆだ》ねられた子だ。

青はぼんやりする松尾にケースを渡した。

「どうぞ。今日が返却の日なんやったら、まだ松尾さんの猫です」

「そ、そうやね。まだうちの猫やね」

松尾はケースを受け取ると、網目を覗き込む。

「どうしよう、福ちゃん。帰るとこがあらへんようになってしもたね」

「ママ」と、優愛が松尾の服の袖を引いた。「もう、おうちに帰りたい」

「飽きたの？　もうちょっとだけ待ってね。ママ、今どうしようか考えてて」

「福ちゃんとおうちに帰りたい」

優愛が松尾を見上げる。すると春馬も反対の袖を引いた。

「ママ、僕も。福ちゃん連れて帰ろうよ」

来た時と同じように三人と一匹が並ぶ。松尾は呆《ほう》けている。

「どうですか？　もしよければ、仮押さえもさせていただけますが」

業者の男性が営業的な笑顔で言った。

業者や、部屋自体に不審な点はない。だが中京ニーニーズのようなことが起こりうるのか、青にはそれが気がかりだった。

「このビルで、動物は飼ってもいいんでしょうか？」

「動物ですか。ええと」業者の男性はタブレットで確認している。「あー、ここはビルの持ち主様の意向で、どの部屋も駄目ですね」

それが当然だ。オフィスビルで動物を飼えるほうが珍しい。あの状況が異常だったのだ。

青は首からぶら下げたカプセルに触れた。いつから歪んでいたのかわからない。でも今は、是正できる。

「松尾さん。その猫も、子供さんも、ここにいるべきじゃないです」

「……そうなんかな。そうなのかもね」

松尾は抱いているケースに目を落とし、両側にいる自分の子供を交互に見た。

「春馬、優愛。福ちゃんと一緒に帰ろか」

そして三人で出ていく。業者の男性はきょとんとしていた。

「あれ、お帰りですか？　ご検討されます？」

「いいえ。もうここには何もないことがわかりましたから」

青も部屋を出た。後ろ手に、ガチャンと大きな金属音が響く。何もないとわかったのに、どうしてこんな気持ちになるのか。安心するべきなのに、ぽっかり空いたこの穴はなんなのか。

ここにはもう何もない。もう本当にいないのだ。

唇を噛み涙ぐむ青を、松尾と子供たちは待ってくれている。春馬がそばに来て、ニヤリと笑う。

「お姉ちゃん、手つないであげようか」

「生意気ね」

涙をぬぐうと、軽く睨んでやる。苦手なはずの子供の手を握って、ビルから出た。

三条大橋を渡り、駅へ降りる階段の手前で気が付いた。胸元をたぐっても、指先に触れる物がない。

青はその場で固まった。

「どしたん、鳥井さん」松尾が聞いてくる。

「あの、私……」ネックレスがないと言おうとしたが、子供と猫連れの松尾に心配をかけたくない。「買いたい物があったのを思い出しました。寄って帰りますね」

「そうなんや。今日は一緒に来てもらってよかったわ。ありがとうね。春馬、優愛、お姉ちゃんにバイバイって」

「バイバイ」と、二人が手を振る。青は内心動揺しながらも、松尾親子を見送った。すぐに、銀色のチェーンを探しながら来た道を戻る。

あのビルの五階で触れたことまでは覚えている。歩道の隅のほうもジロジロ見ながら、京極通から寺町通へ入り、六角通へ折れる。ビルがあるのは麩屋町通だ。二度と来ないと思っていたのに、こんなにすぐに戻るとは。自分の間抜けさが嫌になる。

「……あれ？」

足元ばかり見ていたので、すでにビルの前を通り過ぎていた。うんざりして引き返す。歩いて来た道にネックレスは見当たらない。建物内で落としたのだろうか。

気が付けば、また十字路だ。

「なんで？　来て、戻って……。どういうこと？」

似たようなビルに、似たような建屋。ぐるぐると周回を続ける。おかしいのは方向感覚か、それとも自分なのか。自分が何通りにいるのかわからなくなってきた。

ふと足を止めると、すぐ横に暗い路地が伸びている。奇妙だ。路地の先には、ビルの入り口が薄ぼんやりと浮かんでいる。

『中京ビルジング』だ。青は訝りながらビルへと入った。細い廊下。奥には階段。並ぶドアのプレートは、知っているようで知らない。五階まで上ると、記憶のまま、剝げた金属のドアは重厚だ。

廊下にもネックレスはない。青は暗然とした。部屋に入って確認したいが、きっと賃貸業者の男性が施錠して帰っただろう。駄目元でドアノブを握る。

カチャリとノブは回った。

「開いて……」

鍵は開いている。だが、ドアが重い。歪みか劣化か、少し開いただけでとても重たい。

腹が立った。あのニヤついた業者め。さっきは軽くドアを開けたように見せかけて、実は建付けが悪いままではないか。両手でドアノブを摑んで、思い切り踏ん張る。

ドアが開いた。

中は、白い部屋ではない。窓もない。床も壁も、空間自体が違う。

受付らしき小窓がある。ぽかんとしていると、パタパタとスリッパで床を叩く音がして、看護師が現れた。

「鳥井青さんですね。お待ちしてました」

二十代半ばくらいの色白の女性だ。目で奥へと促すが、青はその場から動けない。

「あの、ここは」

「ご予約されてますでしょう。ソファに掛けてお待ちください」

「私、予約なんかしてません。落としたネックレスを探しに来ただけです」

「してはりますよ。待ってたんですから。銀のネックレスなら、さっきニケ先生がじゃれついてましたよ。壊れてへんかったらいいですけどね」

人のネックレスに、じゃれてる？

青は唖然《あぜん》とした。

「どうぞ。ソファでお待ちください」

看護師は素っ気なく言った。わけがわからないまま中に入ると、内装はさっきとまるで違い、シンプルな待合室だ。一人掛けのソファがあるのでそこに座る。

何が起こっているのかさっぱりわからない。夢だとすれば、いつから夢なのだろう。

指が無意識に胸元へいくが、そこにネックレスはない。だが、この奇妙な空間のどこかにはあるようだ。もし壊れていたとすれば、誰を責めればいいのだろうか。

ソファの横にあるドアの奥から男性の声がした。

「どうぞ、鳥井さん。お入りください」

怖いとか不可思議とか、そんなレベルではない。ここは違うのだと、青はドアを開けた。机とパソコンだけの狭い診察室だ。白衣を着た医者が座っている。

「お待ちしておりました、鳥井青さん。忘れんと来てくれはって、よかったですわ」

若い男性だ。三十過ぎといったところか。どこにでもいるようなあっさりした顔立ちをしている。

「風の噂も役立つもんです。あちこちで吹いてくれたお陰で、あなたにも届きましたからね。僕も歌ったり踊ったりして、色々頑張りましたよ。でも最後にあなたを呼んだのは、僕じゃありませんでしたね。今日は、どうしはりましたか」

医者は穏やかに微笑んだ。

やはり、さっぱりわからない。これが夢だとしても、言いたいことはひとつだ。

「ネックレスを返してください」

青は医者を睨んだ。

「わかりました」

医者は頷いた。

「猫を処方いたします。千歳《ちとせ》さん、猫持ってきて」

椅子を回して後ろのカーテンに言うと、奥からさっきの看護師が出てきた。手にはプラスチック製の簡易ケースを持っている。医者を見下ろし、冷ややかに言う。

「ニケ先生、鳥井さんにいきなりこの猫は、きつすぎるんとちゃいますか」

「ええんです。良薬は口に苦し。ええ猫は苦いんです。だからよく効くんですよ。

千歳さんは、優しいですね」

「先生がいけずなんですよ」ツンと取り澄まし、机の上にケースを置いて出ていく。

二人のやり取りの意味はわからない。だが、どうやら中に猫がいるようだ。また、猫が飼育されている。青は強く医者を睨んだ。

「知ってますか？　何年か前に、この部屋でたくさんの猫がつらい目に遭ったんです。ここは環境的にも動物の飼育に適してる場所じゃない。猫がいたら駄目なんです」

「確かにみんな、もうここには縛られていませんよ。みんな、自由になりました。あとは予約の患者さんが治ってくれはったら、僕らもほんまに閉店ガラガラなんですけどね。どうですか。そろそろ、怒るのはやめましょう」

医者が柔らかく言った。

――怒るのを、やめろって？

青は束の間《つかま》、茫然とした。怒ってなどいない。冷静で、正しい態度を取っている。愛想が悪いだけで、どうしていつもそんなふうに言われるのか。

「何がわかるんですか」

悔しさが込み上げる。相手が誰であろうと、ここがどこであろうと、自分を抑えられない。青は大きな声で言った。

「私はいつも普通にしてるだけです。怒ってもいないし、拗ねてもいない。それなのになんでそんなことばっかり言われなあかんのですか。お姉ちゃんと比べられるのは、うんざりや」

強く言い放ったあとで、ハッとした。

見当違いだ。この憤りは医者には無関係だ。苦々しく口を閉ざす。

医者のほうはまるで平気そうだ。薄く笑ってさえいる。

「あなたの中には怒りがある。僕らにも、あります。それは生きていく上で必要なもんです。でも、喧嘩腰《けんかごし》はあきません。本気のやんのかステップは時に無用な争いを引き起こすんですよ。あれは見た目は面白いんですけど、いつでもやってやんぞ的なオラオラにも見えますからね」

医者は一人で頷いている。

青は意味がわからず、顔をしかめた。

「なんの話です？」

「あ、やんのかステップ、知らはりません？　ちょっとやってみせましょうか」

医者が椅子から腰を浮かせたので、青は体を後ろに引いた。

「いいえ、結構です。知ってますから」

「首をね、肩の横に並べたいんですわ。首外れるかな。ちょっと無理か。痛いな」

医者は自分の頭を両手で持つと、本当に外すような仕草をしている。

「あきませんわ。肩やったら外せるかも。これは強引にやればなんとか」

「結構です」気持ち悪くて、頰《ほお》が引きつる。「やめてください」

「あれ。そうですか」

医者は残念そうに座り直す。

やんのかステップとは、猫のポーズを表した造語だ。背中を小高い山のように丸め、縮めた体に顔を押し込む。長く伸ばした四肢で横歩きをするので、格好はひょうきんだ。だが威嚇《いかく》や警戒した時に見られる動きなので、猫としては楽しくないだろう。

それを、してみせる？

不審がどんどん募る。医者の胡散臭《うさんくさ》さに、こっちがステップで威嚇してやりたいくらいだ。医者はヘラヘラ笑っている。

「とにかくステップは……、じゃなくて、怒りは誰にでもあります。でも、それは自分自身も傷つけると知ってほしいんです。あなたには、この子がぴったりです。あなたと同じで、怒りがある」

医者がケースを回した。網目の蓋がこちらを向く。

そこに白い猫がいた。

目が金色と水色だ。影になっているせいで瞳孔がナイフのように細い。青は息を飲んだ。

「シロ……」

「綺麗でしょう。真っ白な猫は、外では生きづらい。生まれながらに苦労する宿命だから、人間に愛されるのかもしれませんね。この猫を五日間、服用してください。処方箋《しょほうせん》をお出しするんで、受付でいるもんをもらってください。まずはこの猫を飲み切って、色々と変えていきましょう。大丈夫ですよ。鳥井さんは自分の足でここへ来はった。それはとても大きな一歩なんですよ」

猫はケースの中で体を低くして、こちらを睨んでいる。真っ白で引き締まった顔の短毛種だ。ピリピリと警戒心が伝わってくる。

真っ白なシロ。青とシロで青空みたい。開放感があると言ったのは、ここで一緒に働いていた長谷美里だ。思い出すと、幾分冷静になれた。青は猫から目を離し、医者に向き直った。

「私、好きでここへ来たんと違います。ただ付き合いで来ただけです」

「あれ？　そうなんですか」と、医者は首を捻《ひね》った。「でも自分でドアを開けたでしょ」

「それはネックレスを探してたからです。建付けが悪いんか、かなり重かったですけど」

嫌味のつもりで言ってやる。すると医者は目を丸くした。

「おやおやおや。あれあれあれ」

何がおやおやおやだ。ふざけた態度にカチンときて、眉間が寄る。だが医者は飄々《ひょうひょう》としている。

「そうですか。もしかしたら鳥井さんがここへ来るのは、早かったのかもしれませんね。でも、気まぐれは気まぐれであって、気まぐれではありません。どうでもいいことに意味があって、意味があっても、どうでもええ。今のあなたに大事なもんがあるなら、まずはそれを大事にしましょう。明日、気が変わってもね」

そして、青にケースを押し付けてくる。青は体を引いた。

「猫は、無理です」

「あはは。嘘ばっかり」

「嘘じゃないです。無理なんです」

「あはは。さっき聞いたはったでしょう。僕はいけずなんですよ。もしどうしてもあかんかったら、途中でもええから返しに来てください。でもこの子は外では生きづらい子です。だから人間に愛されて、つらい目に遭う。愛が幸せとは限らないのは、何も猫だけとちゃいますけどね。では、お大事に」

押し付けられたケースの中で、猫は耳を倒してじっと凝視している。怯《おび》えているのだ。

ここは動物を飼うのに適した環境ではない。身を固くする猫を見て、連れ出さなくてはならないと感じた。連れていってほしいと、そう言っている気がする。

猫の声は聞こえない。これは青自身の願望だ。青が連れていきたいと、言っている。

ケースを両手で抱える。立ち上がると、医者と目が合った。これといって特徴のない薄い顔立ちをしている。

「お大事に」医者はもう一度言った。

診察室から出ると、来た時は空だったソファに男性が座っている。その顔を見て、ギョッとした。

男性は今しがた見た医者とそっくりだ。どこにでもいるようなぼんやりした顔付きとはいえ、まさか同じ室内で遭遇するとは。

雰囲気は違う。さっきの医者はヘラヘラして胡散臭かったが、この男性は陰気臭い。向こうも訝るような目でこっちを見ている。

「鳥井青さん、こちらへどうぞ」

受付から白い手が呼んでいる。看護師が、小窓から顔を覗かせている。気味悪さも手伝って、青はそそくさと受付に向かった。医者からもらった紙を渡すと、看護師は紙袋を出してきた。中身は餌やトイレだ。

「これ、五日間分ってことですか?」

「説明書が入っているんで、よく読んどいてください。お大事に」

人のことは言えないが、冷たい感じのする看護師だ。青は紙袋の中を探った。トイレ用の砂など最低限の物と紙が一枚入っている。取り出して読んでみる。

『名称・シロ。メス、推定四歳、カオマニー。食事、朝と夜に適量。水、常時。排《はい》泄《せつ》処理、適時。警戒心が強いです。部屋の隅や家具の裏側など、隠れそうな場所はあらかじめ掃除してください。隙間に入った時には無理をせず、餌を使って呼んでください。体の汚れはストレスになります。清潔を保ってください。以上』

青はしばらく説明書から目が離せずにいた。

シロ。私のシロ。

看護師は受付で別の事務処理をしている。猫を処方したあとは他人事のようだ。青のこともシロのことも気にかけていない。もうこの猫は、ここの猫ではない。ここは猫がいていい場所ではない。ケースを強く抱きしめると部屋を出る。

処方は五日間。松尾のように、五日後には返しに来なくてはならない。その時、この部屋はまだ病院なのだろうか。それとも、何もない空間なのだろうか。もしかしたら、中京ニーニーズに戻っているのだろうか。

考えると怖い。今は一刻も早くシロを狭いケースから出してやりたい。

青は大急ぎで自宅へ帰った。一人暮らしの１Ｋのアパートのドアを開けた途端、思わず息が止まった。

部屋が段ボール箱だらけだ。実家から持ってきた箱には、服やマンガ本などが入っている。そのうち整理しようと思って、あることすら忘れていた。

しまったと唇を噛む。アパートを借りる時、駅近だけを重視して広さは考慮しなかった。猫が来るとわかっていれば、不要な物はすべて捨てたのに。猫のトイレと水入れ、餌入れを置く場所はキッチン前のわずかな平間しかない。人が一人、立てる程度だ。

でも五日間なら、なんとか凌《しの》げるだろう。狭い部屋でも猫を飼う人はいくらでもいる。無謀ではない。

ベッドの上にケースを置く。ピリピリとシロの緊張が伝わってくる。急な展開に戸惑っているのは青も同じだ。

「シロ」

ケースの扉を開けると、中を見る。猫は警戒心の強い生き物だ。慣れるまで距離が必要だ。

わかっていたのに、つい覗き込む。またシロと仲良くなりたい。白い毛を梳かして綺麗にしてあげたい。金色と水色の目を見たくて、顔を近付けた。

一瞬のことだ。

シロが顔面に体当たりしてきた。衝撃でのけ反《ぞ》り、青はバランスを崩してベッドから落ちた。その拍子に段ボール箱が崩れる。

「痛……」

歯を食いしばって体を起こした。尻をかなり打ったが怪我まではしていない。床に落ちた段ボール箱を見て、これが頭の上に降ってきていたらとゾッとする。

そしてもしシロが下敷きになっていたら。

「シロ？」

シロの姿がない。青は床に這いつくばり、部屋の隅々まで見た。ゴミ箱の中や、シーツやカーテンも捲る。

ひと間しかないのに、いったいどこに隠れるというのだ。タオルの間や今日使った鞄までひっくり返して探すが、シロはいない。あんなに真っ白で目立つのに見つけられない。一人用の片手鍋の中まで見たがやはりシロはいない。

青は部屋の真ん中で立ち尽くした。

ジーと微かな電気音は、単身用の小さな冷蔵庫からだ。壁に沿っているので隙間はない。でも念のためと、壁に頬を付けてみると、配線部分の僅《わず》かな隙間に白い毛の塊がギュウギュウに詰まっている。

「嘘やろ……」

どうやったら入り込めるのか。物理的に不可能なのに、できてしまうのが猫だ。シロは背中を丸めて、無理に体を押し込んでいる。冷蔵庫の裏面と電気コードが白い毛と直接触れていて危険だ。

「シロ。おいで。危ないよ」と、声を掛けても出てこないのはわかっている。中京ニーニーズでも何度かあった。棚の裏側に入り込んだ猫は手を伸ばせば更に奥へと進んでしまい、大変だった。自分から出てきてもらうには、嗜好性の強い餌で誘うしかない。

青は病院でもらった紙袋を探った。ペースト状の猫用オヤツのスティックが一本だけ入っている。まるでこの状況を先読みしていたかのようだ。

「なんやねん。なんかムカつくわ」

あの医者と看護師に踊らされているようで苛立つ。冷蔵庫のそばでスティックの口を切ると、すぐにシロが身動きした。匂いだ。犬よりは劣るが猫の臭覚は鋭い。シロは体をよじると、隙間のすべての埃を身にまとって出てきた。

多分これは追いかけっこの始まりだ。姿勢を低くし、いつでも逃げ出せる状態でスティックをペロペロ舐めるシロは、食べ終わればきっとまたどこかへ逃げ込むだろう。独り暮らしでも猫は飼える。狭くても飼える。だがそれは環境が整っていればの話だ。

シロは最後の最後まで舐め尽くそうと、前肢で青の指に抱き着いた。美味しい餌に夢中で警戒を忘れている。鼻息も荒く、必死だ。掴まれた指に、シロのしっとりとした肉球を感じる。

微笑みと涙が溢れた。脆《もろ》くて、可愛い。一生懸命だ。この子のために今できることを考える。あの時できなかったこと。頼れる人はいたのに、手を伸ばさなかったこと。

青は片方の手を伸ばしてスマホを取った。もうすぐスティックはカラになるが、ギリギリまでこの子を放したくない。シロが掴んでいるほうの手はできるだけ動かさないようにして、電話をかける。

もっと前から頼ればよかった。もっともっと前から。姉の緑が電話に出た。彼女の声を聞くのは三年ぶりだ。

「お姉ちゃん」

シロが離れたので、一瞬気がそぞろになる。シロは隠れずに、近くで口周りを舐めている。食後の匂い消しは猫の本能だ。舌を長く伸ばし、顔や手を随分と丁寧に舐めている。

毛繕いに時間をかける猫は、それをしてくれる相手がいなかったからだと美里が教えてくれた。シロには、綺麗でいてほしいと世話を焼いてくれる猫がいなかったのだろうか。

ふと、強烈なパンチを食らってもミーコの毛繕いをやめなかったシマンを思い出した。猫は集団生活する動物ではない。だが仲間や兄妹がいる猫は、喧嘩もするが、互いに助け合う。人間の距離感とは違うから、気まぐれで冷たいと誤解されやすい。そうではないと、中京ニーニーズの猫たちが教えてくれた。

あの子たちはみんな愛し合っていた。

なのに、引き離された。

緑と話しながら、自然と手が首元へいく。そこにネックレスはない。怒るのをやめろと医者は言っていたが、青が感じるのは自分への怒りだ。今、青を咎《とが》めてくれるネックレスは無くなってしまった。

「お姉ちゃん、私、家に戻りたいねん。どれくらいの間かわからへんけど、一緒にいる猫の世話を手伝ってほしくて。お姉ちゃんから、お父さんとお母さんに言ってくれないかな。私は……わからへんから。距離感が。だからまた引っ掻いてしまう」

そして怪我をさせる。

電話の向こうの緑は、優しく、穏やかだ。言いたいことがたくさんあるだろうに、先に青の話を聞いてくれる。きっと両親との間を取り持ってくれるだろう。わかっているから彼女を頼る。

電話を切るとすぐに行動に移す。シロは身震いと毛繕いを何度も繰り返している。埃にまみれた自分の体が気に入らないのだ。

立ち上がると、気配を察したシロがまた逃げ出した。今度はベッドの隙間に入る。きっとまたすべての埃をさらってくるだろう。

人馴れしていない猫を風呂に入れるのは至難の業《わざ》だ。小さなシロを流し台で洗った時は大変だった。美里と協力しても、完全に乾かし切るまで何時間もかかった。

一人でもできることはたくさんある。頑張れば、なんとかなる。

だが助けがいる時もある。今、姿を見せなくなったシロには人の手が必要だ。綺麗な体毛を保ってやるには、青一人では無理なのだ。

病院で渡されたキャリーケースを開ける。簡単には入ってくれないだろう。だがやらなければ。できることを、やるのだ。

シロを連れて、家に帰る。

あの奇妙な医者に猫を処方されてから、一週間が経った。青はバイト先のレストランへ制服を返しに行った。フロアに顔を出すと、松尾が近寄ってくる。

「鳥井さん、辞めるんやって？」

「はい」

辞めるなら電話だけでも済む。制服も郵送すればいい。だが、最後に松尾には礼を言いたかった。

「ありがとうございました。松尾さんのお陰で、あの病院に辿り着けました」

「こちらこそ、ありがとう。多分、鳥井さんが一緒やったから福ちゃんを連れて帰れたと思う。私だけやったら決められへんかったわ」

「福ちゃんは、相変わらずですか」

松尾の腕にはまだ何箇所か絆創膏が貼られている。額のほうは、赤い線が薄く残っていた。

「うん。まだ全然気を許してもらえへん。でもいいの。実は福ちゃんに警戒されて、わかったことがあるねん。図々しいんやけど、私、自分で人に好かれる性格やと思っててん。ふふ、厚かましいやろ」

松尾は仕事も丁寧で、人当たりもよく、いつも笑顔だ。人に好かれるかどうかはわからないが、青は彼女に好感を持っている。だが苦笑いした松尾の顔には、微かな憂《うれ》いが見えた。

「優愛の幼稚園のママ友さんで、やけに当たりがきつい人がいて、どうしてなのかなって悩んでたの。何か嫌われることしたかなって。でもそれって、私は人とうまくやれると思い込んでたから、相手が警戒してるのがわからへんかったのね。好き嫌いじゃなくて、人と打ち解けるのに時間がかかる……。そもそも、仲良くしたいと思ってる人ばかりじゃないもんね。相性もあるし、家庭環境もある。そういうことに、福ちゃんが気付かせてくれた。もしかしたら福ちゃんも、そのママ友さんも、これから先も私と仲良くしてくれへんかもしれない。それでも、やっぱり私は会ったら挨拶するし、ナデナデもできるようになりたい。すぐには無理でも、ちょっとずつ距離を縮めていきたいわ」

人と距離があることに慣れている青にとって、それは理解しがたい感情だ。警戒する側のほうがまだしっくりくる。

「でももし、ずっと縮まらなかったら？　猫の話ですが」

「その時は、傷が増えるだけやね。鳥井さんも腕の怪我、猫にやられたんでしょう」

松尾には、同じように中京こころのびょういんで猫を処方されたことを話していた。青の両腕には包帯が巻かれている。絆創膏やガーゼだけでは、傷が広範囲で賄《まかな》いきれなかった。

「ええ。お風呂に入れた時に大暴れされて」

「鳥井さん、確か一人暮らしやんね。一人で猫をお風呂に入れるのって大変じゃない？」

「姉に手伝ってもらいました」

　腕の傷は、埃まみれのシロをケースに入れた時が半分、あとの半分は実家の浴室で洗った時にやられた。緑と協力し合ってシロを専用シャンプーで洗い、泡を流す時にはシャワーホースが絡まるほど追いかけた。バスタオルでよく拭き、最後はドライヤーで乾かした。

　本当に大変だった。猫も体力を消耗《しょうもう》するし、信頼関係も損ないかねない。だから汚れる環境に置かないのが大事だ。広くて、猫が自由に動けるスペース。何かあった時に、協力してくれる人がいること。

　すべてが揃うのは難しい。まずはアパートを引き払うことにした。できるだけ早くペット可の賃貸を探すつもりだが、見つかるまではシロと実家暮らしだ。

　この三年間、青は最低限しか両親に連絡しなかった。元々関係性はよくない。あっさり受け入れてもらえるとは思わなかったので、信頼の厚い緑に仲裁を頼んだ。

青が猫を連れて帰ったことに驚き、戸惑っていたのは両親のほうだ。面倒を見られるのかと懐疑的だった。

以前なら、少し嫌な顔をされたら衝突していた。だがシロの居場所を確保するためなら逃げない。

「猫は、いつか返しに行くの？」

松尾は心配そうだ。優しい人だと思った。青は目を閉じて、首を横に振った。返却期限の五日は過ぎていた。

青はネックレスを失くしてしまった。もう戒める物はない。だからといって、怒りを忘れてはいけない。あの時、何もできなかった自分を許してはいけない。

そのために、シロにそばにいてもらう。

返しに行ける日が来るかは、わからなかった。

ここでは時間の感覚がない。

ニケは診察室の天井を見上げた。暖かい部屋でぬくぬくしていると、もう目を開けなくてもいいかと思う。だがやはり、目を開けてしまう。開けている時のほうがつらい。引き込まれるような睡魔の誘惑と闘うのは、時に厳しい。

殺風景な診察室は、患者たちの目にどう映っているのかわからない。ただ、どこも同じだ。大切な人はどこにでもいる。見ようと思えばいつでも見える。人はそれを見ないだけだ。

手の平に絡めた銀色のネックレスが光る。カプセルの中には猫の乳歯が入っていて、これを置いていった人は、戻ってこない。

背後のカーテンが開いて、千歳が入って来た。やばい、と思った時には遅く、彼女の冷ややかな目がニケの手に止まる。

「またそれで遊んでる」

「違いますよ。これは、来はらへん患者さんをどうやったら呼べるかと悩んで……」

千歳が素早く手を伸ばしてきた。ニケはすんでのところで避けた。千歳がまた手を出す。まるでボクサーが高速パンチを打つように連打してくる。すごいスピードだ。

だがニケも負けない。握り締めたネックレスを奪われまいと、触れるか触れないかの攻防が続く。

やがて、千歳は背を正して、いつもの取り澄ました顔に戻った。

「ずるいですわ。私も遊ばせてください」

「遊んでませんて。これは患者さんの大事なもんやから、あきません。もう隠しときますわ」

そう言って、白衣のポケットに手を突っ込む。千歳はフンと鼻を鳴らした。

「だから言ったじゃないですか。あの患者さんにはきつすぎる猫やって。どうします？　もう来はらへんかもしれませんよ」

「それは困るなあ。僕らも、いつまでもここにはいられませんからね。もっと追い風を吹かすには、どうしたらええと思いますか？　もう少しお洒落とかしたほうがええんかな。ロン毛にするとか、パーマあてるとか」

「何してもイマイチでしょ。元がダサいんですから。それより、風の噂で他の患者さんも紛れ込んで来はりますよ。居眠りせんと、シャキッとしてくださいね」

千歳はカーテンの奥へと引っ込んだ。どさくさに紛れて、なかなかの悪口を残していく。

ニケは手を広げた。ネックレスは、温かくなっていた。

「待ってたんやもんな。もうちょっと待とうな。きっとまた、来てくれるよ」

この持ち主は大切な人に思いを届けることもできずに、寂しくうずくまっている。そんな姿を思うと、胸が痛んだ。ニケはもう一度、ネックレスを握り締めた。

勝気な妹分はまだ遊びたい盛りで、ジャラジャラした物は目の毒だ。絶対に見つけられないところに隠しておこう。

表のほうから声がする。また誰かが迷い込んだようだ。京都の街中をぐるぐる回れば、不意に路地は現れる。間口はいつでも開いている。重い扉を引くかどうかは向こう次第だ。

初老の女性が入ってきた。狭い診察室とニケを見て、戸惑っている。悩みは人それぞれだ。形も違えば色も違う。だがだいたいの悩みは猫で治る。

ニケはにっこりと笑った。

「では猫を処方いたします。千歳さん、猫持ってきて」

五階フロアへ着くと、椎名彬《しいなあきら》はわざとゆっくり廊下を歩いた。

例の部屋の前に差し掛かり、更に自分の足音を抑える。まるで猫が歩くように静かだ。

「……アホらし。なんで俺が猫の真似なんかせなあかんねん」

怯えるのは性分に合わない。そもそも、怯える理由がないはずだと、普段と同じく大仰な足取りで突き当りの事務所へと戻った。鳴き声とか猫の毛とか、知ったことではない。隣室で何が起こっていようとも、こっちには関係がないのだ。

勢いよく椅子に座ると、デスクに足を投げ出す。ここ最近、会社の業績が芳《かんば》しくない。売り上げは横這いだが、調達費の高騰で利益が下がっているのだ。

経費削減といっても従業員は自分一人だ。一時は隣が嫌で引っ越しも考えたが、このビルはよそに比べて賃料が低めだ。他に削れる部分はない。

「単価を上げるしかないか……。そやけどなあ」

深々と息を吐く。値上げをすれば顧客離れに繋がる。だが何もしないと、採算の悪さでいずれ経営は傾く。椎名は三十代後半だ。今まで職を転々としてきたが、杜撰《ずさん》な経営で破産した店や会社を何軒も見てきた。個人事業は、油断すればあっという間に干上がってしまう。

「耐えるか。今は値上げしないほうが目立つかもしれへん。ここの家賃も据え置きやから、残ろうと思うもんな」

ふと、やけに周りが明るいなと思った。首を反らせると、後ろのブラインドが上がっている。清掃員が下げ忘れたのだろう。

椎名は窓から京都の薄い空を仰ぎ見た。ビルは怪し気だが立地は悪くない。ほどよく繁華街に近く、それでいて静かだ。やはり今は動く時ではない。

ブラインドを下ろそうとして、窓枠のそばに銀色のネックレスが置いてあることに気が付いた。

「なんやこれ。掃除のおばちゃんの忘れもんか」

ステンレス製のカプセルが付いたシンプルな物だ。チェーンは細く短いので、女性向けだろう。椎名はそれを窓にかざした。

「ふうん。ロケットとかカプセルは、意味があって身に着けてるはずやな。意味あるもんと磁気……。思い出が肩こりをほぐす……。思い出と歩む高齢化社会。悪くないフレーズとちゃうか」

急にアイデアが浮かんだ。ネックレスは窓枠の鍵のフックに引っかける。掃除の時に気が付くだろうと、ブラインドを下ろした。

確かにこのビルは賃料が安い。立地も悪くない。だが隣室が怪しすぎる。今だって、耳を澄ませば何か聞こえてきそうだ。

「よっしゃ！　守りに入ったらあかん。攻めて、一発逆転して、こんなけったいなビルからはおさらばや」

もう隣には関わらない。誰が猫真似していようと、本物の猫が出てこようと、すべて無視だ。怯えるのもやめだ。もし次に鳴き声が聞こえたら、こっちも大声で鳴き返してやる。

そう決めると、椎名は新しい商品を企画しようとパソコンに向かった。だが、すぐに身を硬くした。

微かに聞こえる。気のせいだと思い込むことも、大声で鳴き返すこともできない。誰かを呼ぶような、細い声。

また、猫の声が聞こえる。

〈了〉

著者エージェント／アップルシード・エージェンシー
目次・扉デザイン——岡本歌織（next door design）
イラスト——霜田有沙

本書は、書き下ろし作品です。

著者紹介
石田 祥（いしだ　しょう）
1975年、京都府生まれ。高校卒業後、金融会社に入社し、のちに通信会社勤務の傍ら小説の執筆を始める。2014年、第９回日本ラブストーリー大賞へ応募した『トマトの先生』が大賞を受賞し、デビュー。『猫を処方いたします。』が第11回京都本大賞、第13回うつのみや大賞文庫部門大賞を受賞。他の著書に「ドッグカフェ・ワンノアール」シリーズ、『猫を処方いたします。２』『元カレの猫を、預かりまして。』『夜は不思議などうぶつえん』『火星より。応答せよ、妹』がある。

ＰＨＰ文芸文庫　猫を処方いたします。３

2024年７月22日　第１版第１刷
2024年８月８日　第１版第２刷

著　者　　石　田　祥
発行者　　永　田　貴　之
発行所　　株式会社ＰＨＰ研究所
東京本部　〒135-8137　江東区豊洲5-6-52
文化事業部　☎03-3520-9620（編集）
普及部　☎03-3520-9630（販売）
京都本部　〒601-8411　京都市南区西九条北ノ内町11

PHP INTERFACE　https://www.php.co.jp/

組　版　　株式会社PHPエディターズ・グループ
印刷所　　大日本印刷株式会社
製本所　　東京美術紙工協業組合

ISBN978-4-569-90413-9

PHP文芸文庫

猫を処方いたします。2

石田 祥 著

「しんどいときは我慢せんと、猫に頼ったほうがええんです」。ちょっと怪しいクリニックとキュートな猫達が活躍するシリーズ第二弾！

PHP文芸文庫

伝言猫がカフェにいます

標野凪 著

「会いたいけど、もう会えない人に会わせてくれる」と噂のカフェ・ポン。そこにいる「伝言猫」が思いを繋ぐ？ 感動の連作短編集。

PHP文芸文庫

第6回京都本大賞受賞作

異邦人《いりびと》

原田マハ　著

京都の移ろう四季を背景に、若き画家の才能をめぐる人々の「業」を描いた著者新境地のアート小説にして衝撃作。